法廷ミステリーアンソロジー

逆転の切り札

阿津川辰海　伊兼源太郎　大門剛明
丸山正樹　横山秀夫／
西上心太・編

朝日文庫

本書は文庫オリジナル・セレクションです。

目次

逆転の切り札

六人の熱狂する日本人

阿津川辰海

阿津川辰海（あつかわ・たつみ）
一九九四年東京都生まれ。東京大学卒。二〇一七年、新人発掘プロジェクト「KAPPA-TWO」により『名探偵は嘘をつかない』でデビュー。著書に『星詠師の記憶』『透明人間は密室に潜む』「館四重奏」シリーズなど。

この公判中に、わたしは陪審室の中で何が起るかを知っているのは陪審員しかいないことに気付いた。

レジナルド・ローズ『十二人の怒れる男』中、「作者のことば」より（額田やえ子訳）

手帳を音を立てて閉じ、裁判長は「すこぶる簡単な事件だったね」と漏らした。

右陪席にあたる判事の私は頷《うなず》いた。

「犯人が自白していましたからね。証拠も揃《そろ》っていました」

裁判長は口ひげをしごきながら重々しく頷いた。

もう一人の裁判官、左陪席にあたる若い判事補の男は「裁判員の人たちもいい人揃いで良かったですよ。証言もよく聞いてしっかり整理してるし、会話も弾んだし」と言った。

「ええ。裁判員制度が導入されてから九年。我々の方が市民の扱いに慣れたのもあるでしょうが、今回の六名とは充実した審議が出来た気がしますな」

「そうですね」と私は同意した。

「ところで、君が提《さ》げているその箱はなんですかな？」

裁判長は左陪席に聞いた。

「ああ、これは家内が作ったケーキですよ。評議の時に皆さんに振る舞ってちょうだいって、持たせてくれまして」

「君もいい奥さんを持ったね」

裁判長の目が寂しげに細められた。

裁判長の奥方が数年前に亡くなったのを、私は思い出した。裁判長夫妻には子供もなく、裁判長は独り身となって以来、ワーカホリック気味である。

「しかし、ケーキなど出して、問題にはなるまいな?」

「妻の作ったものですから金銭的価値はないですよ。店で買ってきたものとかなら、そりゃ、賄賂《わいろ》になりますが」

「なるほど。確かに、君が法律を犯すマネをするとは思えないしね」私は苦笑した。

「しかし君、その言い草は奥方に失礼だろう」

「あっ、いけない。妻には黙っておいてくださいよ」

バツの悪そうな左陪席の顔に、私と裁判長は顔を見合わせて笑った。左陪席は性格が明るくムードメーカーだが、人一倍正義感に篤《あつ》いところが、私たち年配の裁判官からも特に気に入られているところだった。

評議室に入ると、中央に円形のテーブルがある。既に五人の男女が席についていた。

「ああ、裁判長さん」

裁判員1番、色の浅黒い、恰幅《かっぷく》の良い男が立ち上がった。喫茶店を経営している。物腰は柔らかく、彼の経営する店はさぞ居心地が良かろうと思う。

「今、6番さんがトイレに行っているので、少しお待ちになってください」

裁判長が頷いた。

私たちは裁判員たちと番号で呼び合っていた。もちろん、裁判員の希望次第で、名前で呼び合うことも出来るが、今回は銀行員の6番から「番号で呼び合った方が、客観的に意見を聞けるのではないか」との意見があり、全員一致で採用された。

「これ、皆さんで食べてください。妻が作ってくれたケーキです」

「おお、ケーキ、いいですねえ」

2番が嬉《うれ》しそうに言った。中学校教師をしている小柄な男だ。精悍《せいかん》そうな顔つきで体も引き締まっている。数学を教えているが、部活の顧問はバレー部なので自然と体も鍛えられるという。職業柄もあってか、よく通る声をして、口調もしゃっきりしている。

「私、甘いものには目がないのですよ」

「確か、給湯室に紅茶があっただろう」

裁判長が言った。

「あらあら。まあまあ。素敵な奥さんねえ。じゃあ私、皆さんの紅茶をご用意しますね」

3番がそそくさと立ち上がった。肉付きも元気も良い女性で、評議の雰囲気を常に和ませていた。主婦である彼女は、このような場でも動いていないと落ち着かないのかもしれない。

「私も手伝います」と言って1番も席を立ち、出ていった。

「うーん、ケーキかあ」

4番は首を傾《かし》げた。吊《つ》り目がちの顔立ちに派手な化粧をした女性で、フリーターだ。裁判員は公平に抽選で選出され、選ばれると「呼出状」が送られてくる。「呼出」との文言に義務感を感ずる向きも多く、実際、正当な理由なく拒否すると罰則があるから、こうした若者も真面目《まじめ》にやって来るのだ。

「あたしダイエット中なんですよねー。パスしようかな。ケーキって何ケーキです？」

「パウンドケーキです。実は、妻の得意料理でして」

「でも4番さん」と5番が口にした。「裁判員やって、ケーキも食えるなんて、こんな機会そうそう来ないっすよ。ここは一つ、いただいちゃいましょうよ」

「お、あんた良いこと言うねえ。じゃ、あたしも食べようっと」

「へへっ、絶対それがいいですって」

5番はにこやかに応じた。目尻の下がった優しい顔立ちで、おっとりした男性である。

大学生で、ゼミの教授に断って裁判に参加している。法学系のゼミに通っているので、ぜひ有意義な体験をしてきなさいと、ゼミは出席扱いにしてもらっているという。4番とは年齢が近いこともあり、評議以外の場では、砕けた口調で打ち解け合っていた。

1番と3番が人数分の紅茶を用意して、ケーキを紙皿に取り分けると、ようやく各人は落ち着いて椅子に座った。もちろん、トイレ中の6番は除いてだが。

私たちは四日にわたるこの公判中、既に数回話し合いの席を設けている。その日に聞いた証言や情報を整理して、論点を探り、議論する。今日の評議はいよいよ有罪か無罪かを決する最終局面だ。

「すみません、遅くなりました」

「ああ、6番さん。それじゃ――」

裁判長がそのまま絶句した。その場にいた全員が同じ気持ちだったと思う。

四角四面の角縁メガネをかけて、小さな身長にやせこけた体の6番。銀行員である彼は、頭の回転も速く、私たちが提示する議論にもしっかりついてきて、裁判員同士の会話を主導してくれるような存在だった。むろん、我々職業裁判官三名からも、最も信頼の篤い裁判員だった。

その6番が今、どぎついピンク色のTシャツに着替えている。Tシャツの胸には、アイドルグループ『Cutie Girls』のロゴ。

「えー」裁判長は困惑を隠しきれない様子で、しかし厳《おごそ》かに述べた。「それではですな、我々はこれから評議に入ります。被告人につき、有罪か無罪かを議論し、有罪の場合、量刑判断に移ることになります。

結論は多数決で決します。ただし、多数派であっても、その中に一人でも職業裁判官が含まれなければ、有効とはなりません。例えば有罪が裁判員の皆様六名だったとしても、裁判官が三名とも無罪であれば、有罪にはならないということになります。有罪にならない多数決は、無罪ということで決定が出ます。この点、ご留意いただきたいと……」

裁判長はしかつめらしく話しながらも、ちらりちらりと視線を6番にやっていた。

「なお、この場で行われる議論の内容については非公開となります。外に公表されるのは有罪・無罪と量刑、つまり結論のみです。誰が有罪・無罪のどちらに投票したか、投票の内訳はどうだったか、などの議論の過程については外に漏らしてはいけません。この点、注意していただくとともに、皆さん安心して議論をしていただければと思います」

裁判長が目配《めくば》せすると、左陪席が書記を務めるためにホワイトボードの横に立った。

私はそれを見計《みはか》らって口火を切った。

「えーと、それでは、まずは一人ずつ意見を聞いてみるのはどうでしょうかね」

そう切り出したのは、6番というあからさまな面倒を、後回しにしてしまおうと考えたからだ。なお、これまで6番の服装についてツッコミを入れることの出来た人物はいない。

「あ、いいんじゃないでしょうか」1番は大げさに頷くと、立ち上がって言った。「ええと、それでは僭越《せんえつ》ながら、1番の私からよろしいでしょうか。裁判には詳しくないですが、今回の事件ほど明確な事件もそうないと思います。被告人と被害者は二人とも、アイドルグループ『Cutie Girls』のライブのために、山梨から東京に旅行に来ていた。確か、春に開催される『Spring Festival』というタイトルのライブでしたね。今をときめく大きなアイドルグループですから、ライブが二日間に分かれていた。一日目のライブが終わった後、二人は宿泊先のホテルの部屋で口論になった。それで、カッとなった拍子に、被告人が被害者をこう、ポカリと、殴りつけちまったわけですね。

自白もしっかりしてましたし、被告人も別段、殺人の事実を争うつもりはないらしいですからなあ。これはもう、有罪でしょう。それで、カッとなって殴ったんだから、計画性は薄い、と。私はここのところ、注目して、少し刑を軽くしてやったら、いいんじゃないかと思いますね」

「いや、それはどうでしょう」

1番の主張を受けて、中学校教師の2番が言った。1番が「あ、それじゃあ、2番さんそのままどうぞ」と順番を譲った。

「ありがとうございます。確かに、1番さんの言う通り、計画性はなかったでしょう。凶器となったホテルの備品の電気ポットにも指紋がべったり残っており、犯行を隠そうという気さえ感じられません。

しかし、被告人は被害者の頭を、二度、殴りつけているのです。一度までなら衝動で、というストーリーも成り立つでしょうが、二度となればそうはいきません。

加えて、被告人は被害者を殴った後、被害者を助ける素振りはまるで見せていない。カッとなって殴りつけたのなら、殴った後、正気に返って救命行為を行うこともあります。ところが、被告人は、殴ってからしばらく茫然《ぼうぜん》としていたと供述し、犯行後一時間経《た》ってからようやく通報しているのです。

しかも話はそれだけでは済みません。被告人は現場で被害者と一緒にアイドルのライブのDVDを見ていて、その際に口論となって殴ったと供述していますが、殴った後、通報よりも先にDVDの再生を停止した、と言っています。あまりに冷静です。これらの事情は、残忍な被告人の一面を裏付けていると言えますね」

長い弁舌の後、2番は「こう見えて私、大学の頃は法学をかじったことがありましてな」と付け加えた。

「あ、ちょっとちょっと、そういうのずるくないです？」4番は口を尖《とが》らせた。

「裁判員はみんな素人として対等なんでしょ」

「そうですよ」5番も同調した。「そんなこと言ったら、俺だって、こう見えて法学部なんですから」

「いや、これは失敬」

4番の物言いは無礼だったが、2番は寛大に受け止めた。中学校の教師だと、自分より若い人に生意気を言われるのは慣れているのかもしれない。

「あらあら。まあまあ。私の番でございますか？　ケーキ美味《おい》しゅうございました。奥様によろしくお伝えくださいましね」

「はい」左陪席は笑顔を見せてから言った。「3番さん、では意見をどうぞ」

「そうですねえ。本当に恐ろしい事件でございましたね。私、裁判にこれだけの証拠品がずらっと並ぶなんて思いもよりませんでした。凶器の電気ポットもそうですけど、アイドルのファンの皆さん方が使う、コンサートライトっていうのでしたっけ？　その容《い》れ物にまで血がべったりついていて、私もう卒倒しそうでした」

「3番さん3番さん、感想ではなくて、意見をお願いします」

「あら。脱線してしまいました。私も有罪です。刑は少し軽めでいいんじゃないでしょうかね。二日目に来た、情状証人でしたっけ？　被告人のご友人の証言でも、普段は優しい子なんだと言われておりました。それに、なんだかおどおどしたところがうちの息子そっくりで……うちの息子も、たまにカッとすることがあるんですよ。これは今回の事件が起こった日と同じ日——今年の四月——だったんですが、秋葉原《あきはばら》で息子を見かけましてね。家に帰ってから、何やってたのと聞いたら、怒られちゃって。普段は優しい子なんですよ。被告人も、そういう風に、ちょっとカッとしちゃっただけだと思いますよ」

「なるほど。分かりました」永遠に終わらない気がしてきたので、適当なところで打ち切らせた。「では4番さん、どうぞ」

「だいたい、アイドルのことで喧嘩《けんか》して人殺しちゃうなんて。信じらんないですよ。あたし、結構あのアイドルの曲気に入っていたのに、聴くたびにこの事件のこと思い出しちゃうかも。アイドルの方もいい迷惑じゃないですか。有罪」

4番はそれだけ言うと黙りこくって顔を背《そむ》けてしまったので、私も面食らった。

「え、ええっと、それじゃあ5番さん」

「あ、俺ですか。うーん。俺ずっと気になってることがありまして。現場のゴミ箱のことなんすけど、アイドルグループのＤＶＤ、そのビニールの包装を破いたゴミが捨ててあったって話を、刑事さんがしてたじゃないっすか。被告人も自白で、発売されたばかりのＤＶＤを見ながら口論になったと供述してたんで、それを裏付けるための証拠だった。で、実況見分調書でしたっけ。現場で見たアレソレを細かく細かく書いてありましたけど、ゴミ箱の中に、ビニールの他に、湿布薬のゴミもあった。でも、湿布なんて被害者も被告人も貼ってなかった。それじゃ、あの湿布のゴミはなんだったんだろうって……」

そういえば5番は、裁判長に申し立てて、証人に対する質問をした時にも、そんなことを聞いていたと思い出した。

「5番くん、何もそんな些細《ささい》なことに……」と2番が苦々しげに言った。

「でも俺、夏休みにあのホテルでバイトしたことあるんですけど、あのホテルの清掃、メッチャ厳しいですよ。あの刑事さんだって、前日に清掃したことをホテルの従業員に確かめた、って言ってたじゃないですか。

それに、灰皿にだってゴミがありましたよ。何かの紙を燃やしたような燃えカス。復元には失敗したようですけど、あれだって、清掃できちんとチェックしたはずだし、事件当日のものに間違いないっすよね。でも、被告人の言うように、『ホテルのマッチって一本くらい使ってみたくなるじゃないですか』なんて説明では、なんかすっきりしないっていうか……」

「じゃあ、君の意見はどうなるんだね」

2番は物分かりの悪い生徒を諭《さと》すように、ややうんざりした口調で言った。

5番はしゅんとして言う。

「まあ、湿布のゴミと燃えカスくらいで、被告人の不利は揺るがないです。有罪です。刑は、カッとなったこととか、二回殴ったこととか、重くなる理由も軽くなる理由もあるんで、中くらいがいいんじゃないかと」

「はい。それじゃあ……」

次に進むのが気が重かった。

6番は四角四面のメガネの向こうで目を閉じ、どっしりと腕組みをしていた。泰然《たいぜん》自若《じじゃく》といった様子だ。しかしその姿に威厳はない。ピンク色のオタクTシャツを着ているからだ。

「死刑だ」

「は？」

6番が出し抜けに口を開いたので、私は驚いた。それに今、何と言ったのだ？

「あの男は、死刑だ」

左陪席は顎《あご》が外れそうなほど口を開いていたが、裁判長はさすがに冷静さを失っていなかった。

「6番さん。お渡しした量刑資料を読んでお分かりかと思いますが、計画性を持たない殺人、それも被害者は一人ですから、いきなり死刑というのは行きすぎではないかと」

「ええ、ええ。量刑資料は読み込みましたとも。しかるに、この事件は前例のないケースです。前例のないケースに当たっては、英断も必要ではありませんか、裁判長」

「ええと、前例がないって」1番が口を挟んだ。「そりゃ、ないんじゃないですかな。口論の末に相手をポカリなんて、ありふれた事件でしょう」

「しかし、あの男はこうして事件を起こすことで、『Cutie Girls』、ひいてはそのリーダー御子柴《みこしば》さきちゃんに悪影響を及ぼしたのであります！」6番は拳《こぶし》を震わせた。「このような事件が起きることによって、世間からまた『これだからオタクは』と非難されるキッカケになりましょう。こうして話題になること自体が、グループのメンバーにもたらす精神的悪影響その他も当然あり得る。アイドルオタクはその信奉するコンテンツのためにこそ、清廉《せいれん》であり、潔白であるべきなのであります。

しかし！　私は今日この時、被告人の最終陳述を聞くまでの間は、公正な判断をしようと努めたのです！　だが、今日ハッキリ確信した！　あいつは最後の瞬間まで、『Cutie Girls』への謝罪の言葉を口にしなかった！　あいつはアイドルオタクの風上にも置けない！　死刑にするべきなのだ！」

私は思わず茫然とした。

すると、6番は実直な銀行員の服装の下に、あのピンク色のオタクTシャツを着込んで、被告人を許す瞬間を待ちわびていたのだ。恐らく毎日……。それが今日になって堪《かん》忍袋《にんぶくろ》の緒《お》が切れた。私たち裁判官三名が信頼していた6番は幻にすぎなかったのか……。左陪席はホワイトボードにペンを押し当てたまま硬直している。裁判長も、目を丸く見開いて、口を開く気配すらない。

ともかく、この流れはまずい。私が口を開きかけた時、2番が叫んだ。

「じゃあ、そういう君はどうなんだね！」

私は2番の顔を見た。もう聞いていられない、とでもいうような表情で、苦言を呈するように切り出した。

「君はどうせ、ライブTシャツをライブ会場から自宅までの道のりでも着たまま行くのでしょう？」

「ええ、もちろん」6番は眉をひそめた。「それがどうしました？」

「私はライブ会場で新しいTシャツに着替え、汗をかいたライブTシャツはそのままビニール袋に入れて帰りますよ。恥じらいというものがあるのでね。それに、汗だくのTシャツで電車に乗っては、周りの人に悪印象を与えて、『この人たちは○○っていうグループが好きなんだ。○○のオタクってこうなんだな』と思われることにもなりかねない。清廉、潔白にというが、あなたこそ実践出来ていないじゃないですか」

6番は「恥じらいと言いますが、教師だから外聞《がいぶん》を憚《はばか》っているだけでしょう」とムッとしたように言い返した。

2番は6番を睨《にら》みつけて、胸ポケットからスマホを取り出した。

「見たまえ！　このスマホカバーは『Cutie Girls』デザインのものだ……。それも御子柴さき——さっちゃん手描きのデザインで三年前の限定生産、羨《うらや》ましいでしょう！」

6番の反応がしらけているのに気が付いて、2番は顔を紅潮させた。

「まあそれはひとまずおいておきましょう。重要なのは、これが一目ではオタクグッズとは分からないことです。普段使いにも優れたおしゃれなデザイン。これこそが主張しすぎない愛だ。それをあなたはどうだ」

2番は居丈高《いたけだか》に6番に指を突き付けた。

「裁判員裁判という真面目な席で、自分は『Cutie Girls』のオタクで御座いますと声高に宣言せんばかりの服装！　この裁判を終えた後、ここに集まった人々は『ああ、やっぱりオタクってみんなああいう奴《やつ》なのか』と思うでしょうね。要するに、みっともないと言っているのです！」

私は二人が何を議論しているのか分からなくなったし、ともすればこれが裁判員裁判の場であることすら忘れそうになった。分かったのは、6番の顔が赤から紫色に変わっていったことだ。

「何を！」

「ま、まあまあ6番さん」

「――だが」

いきり立った6番を、2番が素早く手で制した。

「被告人がアイドルオタクの風上にも置けないという意見には賛成だ」

「2番……」

二人が固く握手を交わした。

「い、いやあ、驚きましたね」左陪席が言った。「まさか同じアイドルのオタクが六人の中に二人もいるなんて。こんな偶然もあるんですねえ。じゃ、意見も一周したので一つ一つの論点について――」

私は左陪席に無言のエールを送った。彼はおどけた口調ではありながら、彼らのペースに呑《の》まれないように話を戻そうとしている。

「いいえ」

1番が立ち上がった。

まさか。

私がそう思ったのと同じタイミングで、左陪席の表情が凍り付いた。

「この場にいるオタクは、三人ですよ」

「あらあら。まあまあ」

「もう勘弁してくれ」と私は小声で漏らした。

「1番さんも……」左陪席は目を丸くしていた。「私、アイドルオタクってもっと若い人がなるものだと思ってましたよ。失礼ですが、お三方とも……」

「四十代と五十代のはずですね、合ってますか？」

1番の言葉に2番と6番が頷いた。プロフィールによれば、1番は既に妻帯者のはずだが、オタクの世界というのは分からない。

「我々世代は若い頃に松田聖子《まつだせいこ》や中森明菜《なかもりあきな》、おニャン子クラブ……昭和アイドルの黄金期を通っているのですよ。あの頃のアイドルにはまった男子には、アイドル好きの血が流れているとさえ言ってもいい」

「説明臭いですね、教師の話というのは」と1番が鼻をこすりながら言った。「事実、アイドル現場にはロマンスグレーの、明らかに私より年上のおじさんもいますよ」

「……いやまあそう言われれば」と左陪席が頭を掻《か》いた。「私が小さいころにはモーニング娘。が全盛期でしたし、高校生の頃にはAKBが流行《はや》っていたし……」

「何かにはまっていたなら、あなたにもその血が騒ぐ時がくるかもしれないさ」

と6番はニヤリと笑った。左陪席は複雑な表情をしている。

「で、2番さんと6番さんですが……」1番は大きく頷きながら言った。「道理で、どこかで見覚えがあると思いました。よく『現場』でお見掛けする顔でしたな」

「あの、現場っていうのは」と左陪席が困惑したような顔で聞く。

「アイドルのイベントやライブのことですよ。確かに、独特の言い回しかもしれませんね」と2番が教師らしく解説する。

「ふうむ、そう言われてみれば、1番さんも見覚えがあるような……」と6番が頷く。

「まあ、それはよろしいでしょう。お二人の言う、被告人はアイドルオタクの風上にも置けないという表現は、私には、こう、どうにも頷けなくてですな」

「ほう、と言いますと」

6番は挑戦的に言った。

「あなた方はこう」1番は顎を撫《な》でた。「全身でアイドルへの愛を表現するという方々でしょう。今の話を聞いていてもそう思いましたし、6番さんは最前でコールを入れているのをよくお見かけしますな」

「あの、最前っていうのは。あとコールっていうのは」と左陪席が聞いた。

2番が答えた。

「ライブの最前列のこと。あと歌に対してオタク側から行う掛け声のことです。あの、話が前に進まないので少し待ってもらえませんでしょうか」

「す、すみません」と左陪席は謝りながら、(これって俺が悪いんですか!)と言わんばかりの視線を私に送ってくる。

「ええと」１番が話を続けた。「どこまで話しましたっけ。ああ、そうそう。私が言いたいのは、私や被告人のようなオタクと、あなた方とは根本的にタイプが違うということなのですよ」

「まあ確かに」２番が興味深そうに言った。「アイドルへの関わり方は色々です。私たちのようにライブを一緒に創り上げようと思う人も、静かにライブを見て帰る人も、握手会やサイン会での会話に特別な価値を見出《みいだ》す人もいる。握手会のたびに、振り付けが間違っていたとか説教して、誰よりも君を見ているアピールをしないと気が済まない人もいるくらいですからね」

「あらあら。そうなんですのね」

「あ、私は違いますよ」３番が引いたような声音で言っていたので、２番が慌てたように付け加えた。

「……ともあれ」１番が苦々しそうに言った。「私はコールはしない派なのです。ペンライトも振り上げず、アイドルのライブは嚙《か》み締めるように聴く……歌に張り合うほどのコールをしてどうするというのか」

「ふん」６番が鼻を鳴らした。「『地蔵』というやつですね。私も感極まった時にはそうなりますよ」

文脈から察するに、「地蔵」とはコールなどをせずにライブを鑑賞することを指すのだろう。

「しかし、基本路線は違います。アイドルの全力の歌に全力で応《こた》える、それこそが礼儀というものではありませんか。ライブ会場というのは、アイドルとオタクの両者で創り上げるものではありませんか」

「ライブの主役はアイドル達でしょう」1番は声高に主張した。「とにかく、私や被告人のように静かにアイドルを愉《たの》しむようなタイプは、こういう事件を起こしただけでも恐縮してしまうと思うのですよ。口には出しませんでしたけど、十分反省してるんじゃないか、と」

「聞こえはいいご意見ですが」と2番は諭すような口調で言った。「口に出してもらわないと伝わらないこともありますよ」

「その通り」6番は感情が高ぶったのか、立ち上がった。「それは『現場』でも同じ。だからこそ我々は、声を上げ、ペンライトを振りかざすことで、アイドルへの思いを伝えるのだ」

6番はアイドルの話になり、ますます饒舌《じょうぜつ》になるとともに、口調もすっかり砕けてきた。

「『Cutie Girls』にはアイドルとオタクの幾つもの美しいエピソードがあるが、その中の一つに、御子柴さきの名曲『over the rainbow』に関するエピソードがある。ライブの前日のラジオで、〈あの虹を越えて　キミに会いに行く〉という歌詞の部分で、コンサートライトが一斉に、バーッと光ったら嬉しいなあ、と御子柴さきがコメントした。私のイメージカラーの赤以外も全部、会場に虹の橋をかけてほしい、と。そのラジオを聴いていないファンも、ＳＮＳでの情報共有を通じて彼女の願いを知り、ライブ当日には全員が持っているだけのコンサートライトを振りかざした。現にほら、『Spring Festival』の東京公演二日目に現場で配られたこのコールガイドには……」

６番はスマホの写真を提示した。

「このように、歌詞の当該部分に『全色一斉点灯』と手書きで書き加えてある。ラジオの放送時には、刷り上がっていたわけだからね、コールガイド制作の主催が、一枚一枚丁寧に書き加えたわけだ。

これを受けて、赤から紫まで、七色を綺麗《きれい》に揃えた几帳面《きちょうめん》なファンも、自分が持っているだけのコンサートライトをすべて頭上に掲げた猛者《もさ》もいた。ライブのＭＣでも、それに感動した御子柴さきの言及があった。こうした心の交流は、全力で歌を歌うアイドルと、全力でコールで応えるファンの間にしか生まれ得ないと思わないかね？」

「それは……」

と１番が絶句した。

「あらあら」３番が困惑気味に言った。「なんだか、面白い話になってまいりましたね」

頭の痛くなるような話が途切れたことで、ようやく意識が覚醒した。今、口を挟んで軌道修正しなければ、いっこうに評議は進まないだろう。

「えー、それでは――」

そう口火を切った時、2番が思いがけない事実を切り出した。

「コンサートライトといえば、現場に残されていたコンサートライトホルダーには、少しおかしな点がありましたね」

おかしな点？　オタクたちの議論が物証に及んだので、ハッと心を惹《ひ》きつけられた。

「あ、2番さんも気付いていたか」

2番の言葉に、6番がすかさず反応した。

「2番さんの言うのは、関係ないライトが交ざっていたことでしょう？」

「そうです、そうです」

「待ってください」私は声を上げた。「コンサートライトがおかしいって、どういうことですか」

「え？」

6番が目をぱちくりさせた。まるでどうしてそんなことも分からないのかと言うように。釈然としない。

「それはですね……ああ、実物があった方が早い。裁判長、こういう時に、証拠品を見るための申請が出来るんでしたね」

「ああ、はい。そうですな。少しお待ちを」

裁判長は部屋の外の廷吏《ていり》に声をかけた。こんな時でも落ち着いているとはさすがだ。しばらくすると、廷吏がコンサートライトホルダーを持ってやってくる。

ホルダーが6番の席に運ばれた。

「そもそも、このホルダーはどのように使うのですか？」

「基本的には」

6番は裁判長の許可を取ってから、白手袋をはめ、ホルダーに触った。血痕がついているので嫌そうにしていたが、体の前に斜めにホルダーをあてがった。

「証拠品ですから、前からあてがうにとどめておきますが……こうして、ショルダーバッグのように、肩から斜めにかける形で使うのです。すると、自分の体の前に、十五個のポケットが並びますよね。この一つ一つに、ライトをセットするのです」

今、十五個のポケットには、事件当時の状況そのままに、十五本のコンサートライトが収まっている。

コンサートライトは全長二十センチほどで、持ち手の部分と、発光する部分に大別される。それぞれが十センチ程度だ。ポケットに収めると、発光部の大部分がポケットの布地に覆《おお》われるようになっている。実際にセットしてみると、発光部の末端三センチほどと、持ち手の部分が外に出る形になる。

コンサートライトホルダーは、被害者が殴られた時近くにあり、殴られた頭から飛び散った血が付着している。ライトがポケットに収まった状態で上から血がかかったため、血痕も、ポケットの外側からライトの持ち手の部分までべったりと残っている。

「こんなにたくさんお色があるんですね」3番が言った。「赤、オレンジ、黄色、ピンク、青、ベージュ……色とりどり並んでますわ」

「ま、人数多いからね、『Cutie Girls』って。確か、それぞれのイメージカラーなんでしょ」と4番が乾いた声で言った。

「なるほど、イメージカラー」5番が大きく頷いている。「あ、さっきから話によく出てる、御子柴さきって子の色は赤、でしたっけ?」

「はい。これです」

6番は赤いライトを引き抜いた。

「へえ、面白いんですのね」3番が小刻みに頷いている。「これで、テレビでやるようなそのう、『ヲタ芸』というのをするんですか? 私、アイドルの、『現場』って言うんですか? あまり詳しくないもので」

6番が「とんでもない!」と激しい勢いで口を開きかけたのをなだめて、2番が穏やかに言った。

「いえ、今はいわゆる『ヲタ芸』は多くのアイドル現場で禁止されております。激しい動きを伴いますし、手からライトが飛んでいけば事故にも繋《つな》がります。一部の地下アイドル現場などでは残っているところもありますが、例えば代表例として、『AKB48』の劇場を挙げますと、立ち上がること、ライトを含む応援グッズを肩より上に持ち上げることも禁止になっています」

「へえ……」と私は息を漏らした。実際のアイドル現場は、私の思っていたよりも統制の取れたものらしい。

「というのを踏まえた上で、『Cutie Girls』の現場について説明すれば、掛け声やコンサートライトによるコールが主になっています」

「コンサートライトというのは」1番が説明を引き取った。「本来、このように多く持つものではないのでしてな。被告人もそうだったように、色替え出来るペンライトを一本ないし二本だけ持つのが一般的です。あとは折ることで発光するサイリウムを大量に持ち込むとかですね。一分から三分ほどしか光りませんから、数が要るわけです。『Cutie Girls』は、メンバーが二十七人と多く、各メンバーにイメージカラーがあり、各メンバー専用のコンサートライトがありますので、このように大量にコンサートライトを持ち運ぶためのアイテムがあるんです。まあ、実際には、このホルダーを使うオタクは全体の一割から二割で、多くの人は色替え出来るペンライトを一本だけ持っています。

確か、この事件でも、被害者がこのホルダーと色替えペンライト、被告人が色替えペンライトを持っていたはずですね」

「そういえば現場にも」5番が頷いた。「あったっすね。大量のサイリウム。オレンジ色でしたね」

「うむ」6番が説明を引き継いだ。「二日目はセットリスト、つまり曲目の予想でも、ボルテージの高い曲が多く予想されていた。UO、つまりウルトラオレンジのサイリウムを〝焚《た》く〟機会は多いと踏んだのだろう」

私は、サイリウムって「焚く」と言い表すものなんだ、と衝撃を受けていた。

「で」左陪席はしびれを切らして先を促した。「おかしなこととはなんでしょうか?」

「今ここに十五本のコンサートライトがセットされているでしょう。そして、ライブは二日間に分かれていた。この二日間では、実は出演者が違うのです。

二十七名のうち、一日目に十四名、二日目は十三名。二日目の参加者十三名のコンサートライトは揃っていますが、一日目に出演したメンバーのライトが二本、交ざっているのです」

「んで、その問題の二本っていうのは?」

堪忍袋の緒が切れたといった勢いで4番が聞いた。

「これと、これです」

6番が二本を引き抜いて示した。彼の説明曰《いわ》く、それぞれ、天満蛍《あまみほたる》と桃瀬鈴《ももせりん》というメンバーのものだ。それぞれの色は藍と黄。

「ね」6番が裁判長の方を向いて言う。「関係のないライトが二つ。気になりませんか？」

「それは……」裁判長は明らかに困惑していた。「二つ空きがあると、気持ち悪いからではないでしょうか」

「いえ」2番が即座に否定した。「それだったら、色替え出来るタイプをセットしておくでしょうね。被害者のリュックの中には、事実そのタイプのライトがありました」

「あ、じゃあ」と1番が小さく手を挙げた。「こういうのはどうでしょうか？　その二本は、二日目にサプライズ出演があるかもしれない二人だったんですよ。それで、万一に備えてセットしておいた」

「いや、それはないな」

6番があっさりと切り捨てたので、1番は面食らったようだった。

「というのも、私もその仮説を立てて調べておいたからだ」6番はスマホを取り出した。「見てくれ。これは被害者の使っていたSNSアカウントなんだが……」

私を含めた職業裁判官三名は雷に打たれたようになった。

「ちょ、ちょっと、ダメですよ！　そういうのは」私は机を叩《たた》いて立ち上がった。「裁判員の皆さんには、裁判で提出された証拠だけを正確に吟味《ぎんみ》してもらわなくては」

「ですが、実際のところ新聞報道やニュースだって、完全にシャットアウトは出来ないわけでしょう。それなら、被害者の本名やプロフィールを手がかりに、それらしいアカウントを特定してうっかり見てしまうこともあるというものです。へっへっへ」

6番は悪びれもせず言った。

「で、このアカウントは事件前日、『「Cutie Girls」メンバーのライブ当日のスケジュール』をまとめた記事を共有しているんです。その上で、こうコメントをつけている。『さすがに「さきほた」サプライズデュエットはなしか。CD出したばっかだし期待してたけど』と」

「『さきほた』とは？」

「御子柴さきと天満蛍のコンビのことです」1番は鼻息を荒くして言った。「グループ内の同期で仲の良い二人組なので、デュエット曲も作られました。その曲が殺人事件の翌日――東京公演の二日目に歌われるのではないか、という憶測があったのです、御子柴さきは二日目に出演していますし。ですが、天満蛍はその日、テレビの生放送に出演する予定があったのです。そうでしたそうでした、6番さんに言われるまですっかり忘れてましたよ」

「鼻息が荒くなったところを見ると、あなた『さきほた』のオタクですね」6番にそう指摘されて、1番は顔を赤くしていた。「ともあれ、どうあっても、天満蛍はライブにサプライズ出演する見込みがなかった。それを被害者も認識していた。だから、サプライズに備えて二本をセットしておいた説はあり得ないんです」

「ふうむ」裁判長は眉根を寄せながら、頭を掻いた。「確かにこのようにお話を伺っていると、どうにも説明がつかず、違和感はあります。ですが、目くじらを立てるような事実でもないのでは」

「うーん」6番は頭を掻いた。「しかし、何かあると思うんですよねえ」

「あ、これちょっとおかしくないっすか」

5番がホルダーに顔を寄せて、首を傾げながら言った。

「問題になっている二本のライトとは別のものですけど、この、御子柴さきさんの赤いライト。このライトだけ、持ち手に血が飛び散っていないんっすよ」

見ると、確かに、他のライトには、持ち手にまでべったりと血が飛び散っているのに、御子柴さきのライトの持ち手は綺麗だった。湿布や燃えカスのことといい、本当に細かいことが気になる男らしい。

「あ、マジじゃん」4番が首を捻《ひね》った。「でも、何でこれだけ？」

6番は御子柴さきの赤いライトが収まっていたポケットの内側を覗《のぞ》いて、アッ、と声を漏らした。

「み、見てくれ」

「どうしました」と2番が尋ねる。

「このポケットの内側だ。血痕がついている」

「あらあら！」

3番の叫び声を皮切りにして、私たちはホルダーを回覧した。確かに、ポケットの内側に血痕のこすれたような痕跡が残っている。

「これは一体……？」

「え、ちょっとこれマジでヤバくない？」4番が焦ったように言った。「ってか、警察の人は気付いてるんですか？　裁判でもこんな話出ていなくなかったです？」

「そう言われてみれば、どこかで血痕について記載があったような……少々お待ちください」

裁判長は実況見分調書を取り寄せると、老眼鏡を取り出して、書類に指を滑らせた。

「ありました。鑑識が血痕を発見して、捜査本部に報告をしているようです。ただ、コンサートライトが凶器と考えられるなど、事件との関連性があれば、捜査本部もちゃんと取り上げたと思いますが、何かの拍子にこすれてついたと考えて、看過《かんか》されたものかと」

「怠慢《たいまん》ですね！」６番が鼻息を荒くする。「よりにもよって、トップアイドルのさきちゃんのライトに、こんな痕跡が残っているんですよ。意味深長じゃありませんか」

そこに特別な意味を見出せるのは、あなた方オタクだけだろう、と私は内心で反論した。

「ううむ」１番は唸《うな》った。「確かに、被害者の近くにあった品物ですからね。何らかの拍子に、こう、ベタッとついた……と考えられても不思議じゃありませんな。しかし、実際のところ、殴られた頭から血が飛び散って、ポケットの内側にまで血がつきますか？」

１番が疑問を提起すると、「難しいんじゃないすかね」と５番が応じた。

「この内側に血痕がつく状況……どんなものが考えられるだろうか？」

２番の言葉は、生徒の考えを促す教師そのものだった。１番が応じた。

「ライトの発光部分に血が飛び散って、その後で、ライトをポケットに収めた、とかですかね」

「でも、ライトの、ポケットで覆われていた部分に血がついた、ってことは」５番が言った。「つまり、殺害時に誰かがコンサートライトをホルダーから抜いた？」

「コンサートライトの持ち手に血がついていないこともそれを裏付けている」２番が興

奮した様子で言った。「誰かが握っていたから、持ち手に血が飛び散らなかったんだ。ちょうど手が覆いになって」

「あらあら。まあまあ」

「ライトを持っていた？」裁判長は眉をひそめた。「待ってください。どうしてライトを握る必要があるのですか？」

「その誰かって、よーするに、被害者ってことでしょ？」4番が言う。

「そうだ！　被害者は二度頭を殴られた」と6番は手を叩いた。「一度殴られた後、ホルダーを自分の方に引き寄せ、御子柴さきのコンサートライトを引き抜いた。その直後に二度目の打撃が食らわされた。そこでライトの発光部分に血が飛び散ったんだ」

「どうして襲われながらライトなんか？」

2番が疑問を呈すると、まず左陪席が「反撃のためというのはどうですか」と答えた。

「いや、それはないでしょう」2番が首を振った。「持ってみれば分かりますが、このライトは案外軽い素材でできています」

私と左陪席が物珍しそうにライトを握って、2番の言を確かめた。

「ええと、私思うんですが、明かりのためではないでしょうか？」3番が常識的な案を出した。

「うーん」5番が納得していない顔で口にした。「つまり現場は真っ暗だったってことっすか？」

「事件当日、現場周辺で停電のあった事実はありません」と裁判長が補足する。

「そうなると」6番が唸った。「意図的に被害者か被告人が電気を落としていないといけなくなってくる。でも、一体なぜ？　それに、真っ暗ってことになると、被告人がどうやって被害者に狙いをつけたのか分からなくなる」

6番の指摘はもっともだった。

「あっ！」

5番が大きな声を上げたので、全員が一斉に彼の方を振り返った。彼は気まずそうな顔をして口を押さえ、首を激しく振っている。

「君、何か思いついたのか」6番は高圧的に言った。「言ってみたまえ。なに、どんな意見でも恥ずかしがることはない」

「いや、そのう、俺そんなに頭良くないし、それに、なんつうか、あんまりパッとしない想像っていうか……」

「なんでもいい。言ってみなさい」

「……ほんとに？　ほんとに言っていいんすか」

「じれったいなあもう」4番が5番の背中をバーンと叩いた。「シャキッと言っちゃいなさいよ！」

「いやー、その、じゃあ与太として聞いてください。
皆さんあのライトを、武器とか、明かりと考えましたけど、そもそもあのライトは『御子柴さき』を象徴するものじゃないですか。この特徴に注目してみたら、どうなるかなって。するとですよ、被害者が死に際にライトを手に取ったのは——御子柴さきが犯人です、ってメッセージってことになるんじゃないすかね？」

「え、ええ、君。本気で言ってるのかい？」1番が呆《あき》れたように言った。「冗談にも限度ってものがありますよ。君の言った通りだとすると、あれはダイイングメッセージだったってことになりますな」

「でも、そう考えれば色々と辻褄《つじつま》が合うじゃないっすか。一度殴られた時、被害者は御子柴さきに殴られたことに気が付いた。そして、ホルダーからライトを取り出してダイイングメッセージの代わりにしたんですよ。

二回目に殴った後、御子柴さきは被害者がライトを握っていることに気付く。そのままにしておくとまずいっすよね。だから、ライトをホルダーに戻した。血が飛び散ってしまった後だから、拭《ぬぐ》っても、ルミノール反応でしたっけ、ああいうので検査されたらおしまいなわけです。自分のライト一本だけ拭ってしまって不自然にするよりは、血がべったり飛び散ったホルダーの中に交ぜてカモフラージュしてしまう方が良い。ね。ね。

こうすると、持ち手に血が飛んでない理由も、あとからホルダーに戻されてポケットの内側に血がこすれた理由も、すっきり、説明がつくでしょう?」

私たちはその説明にしばし茫然となった。

「いや、しかし、それでは……」

この展開には、先ほどまで弁舌をふるっていた6番もさすがに気圧《けお》されたようだった。彼の声も自然、震えていた。

「それでは……御子柴さきが被害者を殺した、ということになってしまうじゃないか」

6番が口にしてようやく、その事実が頭に浸透してくる。

いや、問題はそれだけではない。もしダイイングメッセージが本物ならば、真犯人は御子柴さきということになり、被告人に対する容疑は冤罪《えんざい》ということに——。

「そうよ!」

抗議の声を上げたのは、意外にも——3番だった。

「ちょっとねえあなた! 私だって、あなたみたいに若い人を、こんな風に叱りたくないんですけどね、いくらなんでもそれはないんじゃありませんか。さきちゃんが殺人だなんて、マア、口に出すだけでおぞましい!」

「さ、さきちゃん?」

裁判長が目を丸くして問い返した。

「するとあなたも……」

左陪席がおずおずと尋ねると、3番は取り繕《つくろ》うように慌てて付け加えた。

「ああ、いえね、私はその現場？　というところは存じ上げないのよ。コンサートライトというのも今初めて見ましたし。でも、テレビとかラジオとかで、よく追っていると言いますか……なんて言うかね、可愛《かわい》いんです、御子柴さきちゃん。天真爛漫《てんしんらんまん》で、無邪気で、いつもはじけるような笑顔を見せてくれて。ダンスも歌も上手《うま》いですし」

女性から見た率直な御子柴さき評に、1、2、6番は深く頷いている。

「私には息子がいるんですけどね、娘も欲しかったと思うことが、たまにありましてね。こんなこと言うのはおこがましいですけど、何か娘でも見るような気持ちで、こっそり応援してるんです」

「ファンの鑑《かがみ》のような奥さんですな！」

1番が声高に漏らした。嚙み締めるように歌を聴くのが好きな自分とのシンパシーを感じたのかもしれない。

「あ、それで良ければ、俺だって『Cutie Girls』の活動はよく追ってますよ。テレビとか雑誌ですけど」5番はポリポリと頭を搔いた。「他のアイドル現場は行ったことあるんすけど、『Cutie Girls』はチケットの競争率がすごいっすから。いやー、なんか1番さんとか6番さんの剣幕すごいんで、ライブとかばりばり行ってないと名乗っちゃいけないのかと思いましたよ」

「そんなこともないさ」６番が５番の肩に手を置いた。「アイドルへのハマり方は人それぞれだ。現場には通わず、テレビやＣＤ・ＤＶＤの購買で楽しむ『在宅オタ』も立派なオタクだ。オタクにも程度の差がある。

だけど、ライブは楽しいぞ？　どうだね、ここに来月の仙台公演のチケットが一枚余っているんだが、裁判員のよしみで一緒に……」

「仙台！　俺牛タン食いたいっす！」

５番はよだれを垂らさんばかりだ。

「うんうん、地元の名物も遠征の愉しみの一つだ。早めに現地入りすれば観光だって楽しめるよ。酒がいける口なら打ち上げにも連れていこうじゃないか」

また話が変な方向に盛り上がっている。私は思わず裁判長に目配せした。裁判長は、心得たという感じで頷くと、「えー、御子柴さきさんが容疑をかけられている件についてですが」と発声した。

「くっだらない！」

だが、４番が唐突《とうとつ》に机を叩いたので場が静まり返った。

「関係ない話で延々と盛り上がっちゃって。あー、もうッ、これだからオタクって嫌。あいつが犯人なら犯人でいいじゃん。あいつが犯人ならせいせいするっていうか……」

「ちょっと待て、今の言葉は聞き捨てならないな」

6番が制した。

「そうよ」3番が怒ったように言う。「さきちゃんが犯人だなんて、そんなのないわ」

「いや、そうじゃないんだ奥さん。今、御子柴さきのことを『あいつ』と呼んだだろう」

4番が口を引き結んで、目をしばたたいた。「まずい」と顔にでかでかと書いたような表情だった。

「なんだか随分と親しげな口ぶりだったじゃないか。オタクの中にもなれなれしい呼び方をする輩《やから》もいるが……」

「違う！」4番は力強く否定した。「あたしはなんつうか……その……どっちかっていうと、オタクじゃない方、的な……」

「は？」6番が首を傾げた。「君、それは一体どういう」

「あ、あ、あ」

するとまた声を上げたのは5番だった。この世ならざるものを見たかのような表情で、4番を指さして口をパクパクさせている。

「あーっ！」

「どうしましたか5番さん」裁判長が尋ねた。「また何か気が付いたことでもありまし

「あの」5番は裁判長には構わず、4番に駆け寄った。「つかぬことを、お伺いしますが、その、もしかして、昔、『桜色乙女』というアイドルのリーダーだった——」

「それ以上は言わないで！」4番は慌てて5番の口を押さえつけた。「わー！　わー！　わー！」

「もがもが」

「こそばゆいから喋《しゃべ》らない！」

「え、ええっと、どういうことでしょうか」左陪席はつぶらな目をぱちくりとさせた。

「つまり、あなた、元アイドルってことですか？」

「え、いやー、あはは……」

4番は頰をポリポリと掻いてから、5番を解放すると、気まずそうに椅子に腰かけた。

「まあ、アイドルって言っても、『Cutie Girls』のような大層なもんじゃなくてさ。地下アイドルってやつ。小さいライブハウスとかで公演するようなね。ま、一昨年に解散したんだけど」

「俺」5番がずいっとにじり出てきた。「大ファンでした。というか、解散以来、なんだか俺も抜け殻みたいになっちゃって……それで、『Cutie Girls』は在宅オタ止まりだったんすよ」

「それはなんか」4番が顔を曇らせた。「悪いことしたかな」

「そんなことないです。『桜色乙女』を追いかけた日々も、グッズもライブDVDも、今でも俺の宝物っす。当時のツーショットチェキだって、ありますよ」

5番が定期入れをポケットから取り出して何かを見せようとするので、「わー、なしなし、それは！」と4番が全力で止めた。

「ん、でも待てよ、裁判員になれるのって確か二十歳からですよね。一昨年の解散の時、確かプロフィールは十七――」

「そ・こ・ま・で。女性の年齢を推測するなんて、もう、無粋なんだから」

「ううん、現役時代にも見せたことがないほどのアイドルスマイル！」

4番と5番の茶番をひとしきり見物した面々の中から、おずおずと左陪席の手が挙がり、「あのチェキ――」と言いかけるので、素早く察した2番が「インスタントカメラのこと、あるいはその写真のことで、アイドル現場でよく使われるものです」と説明を加えた。

「私たちが」裁判長が私の方を見て言った。「若い頃に使っていた、撮った端から印刷されるカメラに似たものらしいですね」

「なるほど」と私は頷いた。

「その場で現像出来ますからね」2番は言った。「サインをしてもらえることもありますし、何より、思い出になるわけですよ。お気に入りのツーショットチェキやブロマイドは、こうして」

2番は前にも見せたスマホカバーを開けて、カバーに付属したポケットから一枚の写真を取り出した。

「肌身離さず持っているものですよ」

「へーえ、どれどれ」6番がずいと顔を突き出して2番の手元を見た。「お、桃瀬鈴じゃないか。あんた、鈴推《お》しだったのか。へー、なるほどね」

「べ、別にいいでしょう。彼女の生誕祭の時のものです。よく撮れてるでしょう?」

「生誕祭って……キリストみたいですね。誕生日会のことですよね?」

私の言葉にしみじみと2番が言った。

「それくらいアイドルの記念日というのは大切ということです。ひょっとすると、家族と同じくらいにね」

そういうものなのだろうか。妻帯者である1番が苦虫を噛み潰したような顔になっているところを見ると、調整は結構大変らしい。

「そういや1番も、『桜色乙女』の現場でよく見た顔ね」4番が言った。「あなた、あの説教オタクでしょ?」

1番はたじろいだ。「な、なにを」という顔もひきつっている。

「覚えてるわよ、握手会のたびに振り付けが間違ってただの、動きが揃っていなかっただの——」

「あ、あなた、今この場でそんなこと言うことないでしょう」

「だって事実じゃないの」

「道理で、あなた見たことがあると思いましたよ」2番が頷いた。「あなた、『Cutie Girls』の握手会でも同じ事やっているでしょう。事件の時の東京公演の二日目にお見かけしましたよ——」

そう指摘された途端、1番がうめき声を上げてから、うなだれた。

「……ああ、そうですよ。そうなんです。東京公演二日目でも、言ってやりましたよ。御子柴さきに、今日は左へのステップの踏み込みが甘かったってね！ コールはしないだのなんだの言って、実はアイドルと一緒にライブを作れるあんたらが、盛り上がれるあんたらが羨ましいんだ……！ 説教するようにしかアイドルと会話出来ない自分が情けないんだ。私は、私は、一度でいいから、率先してコールの掛け声を入れてみたいんだ……！」

1番がそう言ってから、机の上にくずおれておいおいと泣き出した。

2番は1番の背中に手をやって、しばらくトントンと優しくさすっていた。

「最初から素直になりゃいいのに」

6番の言葉に1番がハッと顔を上げた。

「これが終わったら、一緒にカラオケ行って、コールの練習しようぜ」

「6番さん……！」

1番は感極まった表情で、「いやあ、今日は本当にいい日ですねえ。こんな風に、アイドルの話が皆さんと出来るなんて、今日は本当にいい日です」と漏らした。

「し、しかし、こんなことがあっていいのですか」と左陪席は動揺したように口にした。「国民から無作為に抽出したはずの六名が、全員同じアイドルのオタク、もしくは関係者だなどという偶然が……」

「裁判員候補者の名簿を作って、そこから更に選考して候補者七十名ほどを裁判所に呼び出す。そして裁判所で最終的に、裁判長——つまり今回は私ですが——との面談を経て忌避《きひ》されなかった者が、くじで選ばれる。とある試算では、ある国民が裁判員候補者に選ばれる確率は約〇・〇一パーセント程度だといいます。そこから先の選考で、確率はより下がります」

「逆に考えるべきっすよ」と5番がうんうんと大きく頷いた。「初日に裁判所に呼び出された七十人余り。あの中に、僕ら以外にも『Cutie Girls』のファンはもっといた。いや、全国にだってもっといる。『Cutie Girls』はそれほどの人気を勝ち得たグループなんです」

「それに」2番が言った。「ここに集まっている人々も、重度のガチオタは1、6番さん、私くらいのものです。3、5番さんは軽度の在宅オタのようですし、4番さんは、そもそもオタクというわけじゃない。程度に差はあるのです」

「別に面談でも『Cutie Girls』のオタクです、とあえて名乗る必要があるわけでもありませんよね？」と1番が聞いた。

「それはまあ、そうですが……」

厳密に言えば、アイドルオタク同士の殺傷事件で、同じオタクが審理をすれば偏向が生じる可能性もあり、忌避理由に当たり得るとも言える。しかし逆に、オタクに過度の偏見を持つ人間が裁判員になるケースもある。だが、「あなたはオタクに偏見があるか」と聞いて回れるかと言えば、それは違う。その質問自体が、偏見になってしまうだろう。

「まあ」ひとしきりの疑問確認が終わると、4番がため息を吐《つ》きながら言った。「そんなことはいいの。あたしが言いたいのは、あたしと御子柴さきは小学生の時から、アイドルオタクの友人だったのね」

「えっ」5番が体を跳ねあがらせた。「そんなこと今まで誰も」

「言ってないよ。そりゃ、言ったところで売れるわけでもないしね。それに、こっちがコツコツやってる時、向こうはステップ駆け上がってくんだから、むやみに口にして比べられるのなんてゴメンだったし。ま、小学生の頃にＡＫＢを見始めて、あたしたちもアイドルに無邪気に憧れる少女だったわけですよ」

　5番が瞳を潤ませ始めるのにペースを乱された4番が、わざとらしい咳払《せきばら》いをした。

「で、結論。あたしとさきは、そういうわけでアイドルになってからも親交があったんだけど、さきは駆け出しの頃ストーカーに悩んでいた。あたしも相談を受けて、一度撃退したことがあるんだけど、今思うと、今回の事件の被害者とそのストーカーが似てんのよね」

「えっ」

　裁判長が目を丸くした。

「そ、それが本当なら、大問題ではないですか」

「どうしてそんな大事なことを今まで」

「余計な邪魔が色々入ったからでしょーがッ！」私の言葉に4番が机を叩いた。「……それに、ダイイングメッセージのことが明らかになるまでは、さきが事件に関係あるなんて分からなかったわけだし。後から気付いたなら仕方ないよね？」

「いや……まあ……それは確かに……」

　裁判員が議論を重ねるうちに事件関係者との関わりが明らかになるなど、そうそうあることではない。裁判長もどう扱ってよいか決めかねているようだった。

「さき曰く、そのストーカー、何か自分の弱みを握っているような口ぶりだった、ってことでね。何か強請《ゆすり》のネタでも握っていたのかもしれない。ま、下世話な話、週刊誌に流せるような昔のプライベート写真とかね。その強請のネタを利用して、さきを当日呼び出したのかもしれない。もしそうなら動機だって……」

「それはいくらなんでも飛躍しすぎなのでは」

「でも繋がりはある」4番はぴしゃりと言った。「それに、この推理が正しければ、あいつを証言台まで引きずり出せるしね……さぞスキャンダラスで面白い光景になりそう」

その言葉が評議室に染み渡ると、まるで熱病のような雰囲気が裁判員たちを包み込んだ。

「そうだぞ、もし御子柴さきが犯人ということになれば！」と1番が叫んだ。

「御子柴さきは法廷に来ざるを得なくなる！」2番が指を鳴らした。

「あらあら。まあまあ。さきちゃんが法廷に来るの？」3番が立ち上がった。

「そうよ、あいつを……」4番は悪役の顔をしている。

「握手会やチェキの一瞬だけではない……ライブのように遠い距離からでもない……あの距離感に、御子柴さきが居続けるわけっすね」と5番がぶつぶつと呟《つぶや》いた。

「これまでの審理から考えてみても、ほとんど一日中ってことだ。ライブの長さなんて目じゃない……」6番が目をぎらつかせた。

私たち裁判官の反応は完全に出遅れた。

「裁判！」

「御子柴さきが！」

「裁判に来るぞ！」

「ウリャオイ！」

「ウリャオイ！」

その謎めいた掛け声はいわゆる現場で彼らが行っているコールらしい。

「ちょっ――」

ちょっと待て、と叫ぶ暇さえなく、評議室を熱狂が支配した。

「5番！」6番が指を鳴らす。「君の言ったダイイングメッセージの推理を基に考えるぞ！　御子柴さきが犯人だったとする。だとすれば、この時被告人の役割はなんだ？」

「はい6番さん。それは疑いようもないっす。御子柴さきを庇《かば》っているんですよ！」

「なんというオタクの鑑！」と芝居がかって2番が言う。

「ああ、まさしく！　私は先ほどの言葉を取り下げよう！」と6番は感慨深げに言った。

「えぇっと」1番は眉間を揉《も》んだ。「でも、そうだとすると、いつ被告人は事件を知り、御子柴さきを庇うことを決心したのでしょう？」

「目の前で事件が起こったとしたら？」と3番が首を傾げる。

「だとすれば」６番が応えた。「なぜ被告人は御子柴さきを止めなかったのか？　そもそも、被告人は御子柴さきと被害者の関係を知っていたのか？　ううむ、分からん」

「あ」５番が手を打ち鳴らした。「被告人は犯行当時現場にいなかったってのはどうすか？」

「それよ！」４番が頷いた。「５番、現場のあんたはパッとしないオタクだったけど、今日のあんたは冴《さ》えてる！」

「お褒《ほ》めにあずかり光栄っす！」

５番の推測を受けて、１番が言う。

「被告人は犯行当時は出かけていた。そして戻ってくると、被害者の死体と御子柴さきがいた。よし、ここまではいいですね。じゃあ、現場にいなかったとすれば、被告人はどこに行っていたんでしょうね？」

４番が噛んでいた爪から口を離して言った。

「被害者は二人きりであいつと会うために、被告人をどこかに行かせたんだ。何か口実があれば……くそっ。オタクども、一日目と二日目の公演の間に、出かけるとしたらどんな用？」

「打ち上げとか？」と２番が言った。

「二人で旅行しているのに、一人で？」４番は即座に否定した。

「分からんぞ」6番が食い下がった。「○○推し飲み会、とかで限定的に開かれる場合もある。……いや、なしだ。被害者はさきほたのオタク、そして被告人は御子柴さきのオタクだ。別々に行動する意味はない」

「それに、一緒に行った人とあれこれ言うのが、打ち上げは楽しいんですよ」1番はしみじみ言った。「あとは、そうですねえ。ライト用のボタン電池が切れたりしたら、買い出しに行きますが……」

「買い出し……」

4番の呟きに、2番が反応した。

「現場にあった大量のUOサイリウム！」

そう叫んだ2番を、全員が「それだ！」と指さした。

2番が言葉を続ける。

「二日目の予想セットリストは、UOサイリウムを使いそうな曲が多かった。これは被害者にとっても、被告人を厄介払いする格好の口実になる。サイリウムを買って来いと言われ、被告人はホテルを後にした。そして帰ってきた時には、部屋に被害者の死体と御子柴さきがいた。被告人が驚いたことは想像に難《かた》くありません。舞台の上の存在、雲の上の存在が目の前に顕現《けんげん》し、しかもその手を汚しているのですから」

2番の言葉に5番が何度も大きく頷いた。

「被告人はさきちゃんに事情を聴いた後、罪をかぶることに決めたんすね。それでさきちゃんはその場を後にした」

「それでもう一つ分かったことがあるぞ」6番がニヤニヤと笑っていた。「灰皿で燃やされていた紙片だ。この推理によれば、被告人には一つ、どうしても燃やさなければならない書類があったのさ」

「レ、レ、レシート！」4番が指を鳴らした。

「レシートには被告人がUOサイリウムを買った時の時刻が印字されています！」と2番。

「なるほど」1番がうわごとのように呟いた。「それが被告人のアリバイを証明したら、ほかに犯人がいると疑われることになる……」

「あらあら。でも燃やされたんじゃあ、被告人のアリバイは、証明出来ませんね……」

「……いや、一つありますよ」

5番が重々しく切り出した。

「3番さん、被告人はあなたの息子に似ている、とおっしゃったことがありますね」

「え？　ええ、ええ、そうですよ。息子の写真もあります。見ます？」

3番が手帳を開いて、家族写真を見せる。裁判員五名が一斉に見に行って、私や左陪席は出遅れた。裁判長は泰然自若として席に座ったままだ。

「ぜ、全然似てないじゃないか！」

　私は思わず言った。ひょろ長い体形は似ているが、顔は似ても似つかない。

「待ってください」と5番が制した。「3番さん、あなたは事件当日、秋葉原で息子さんを見かけた、と言った。その時の状況を説明してもらえますか？」

「え……それは、ええ、そうですねえ。後ろ姿を見かけて、声をかけたんですけど、人込みに消えていってしまって……」

「後ろ姿なんですね」5番が頷いた。「今日、被告人が退廷する時の光景を思い出してください。その時、被告人を背中から見たはずです。あなたが秋葉原で見た息子さんと思われる背中は、その背中と似ていませんでしたか？」

　私は思わずあんぐりと口を開けた。誘導尋問にしてもひどすぎる。

　3番はしばらくきょとんとしていたが、その言葉を反芻《はんすう》するうちに自信が湧いてきたのか、何度も何度も激しく首を縦に振り始めた。「ええ、ええ、ええ！　そうですわね！」

「ということは、あなたが事件当日、秋葉原で見たのは？」

「間違いありません。私、すっかり思い出しました。事件の日、私は間違いなく被告人を秋葉原で見ました！　事件の日の夜、まさしく、被害者の死亡推定時刻です！」

「アリバイ成立だ！」と6番。

「ウリャオイ！」

「ウリャオイ！」

評議室の中は喧騒《けんそう》に包まれた。さながらお祭り騒ぎだった。「何が

「こんな馬鹿なことが認められるか！」左陪席がホワイトボードを殴りつけた。「何が

アリバイ成立だ！　司法は認めんぞ！」

「そ、そうです」私は慌てて加勢した。「5番さんの質問は立派な誘導尋問です。3番さんの今の証言を証拠として採用することは、とても出来ません」

「強情ですね」

2番が呆れたように言った。釈然としない。私たちが悪いわけではないはずなのだが。

「よおし、それじゃあもっと見せつけてやりましょう。これで被告人を現場から引き離したんだから、我らが御子柴さきちゃんを現場に引き付けてみましょう」

「でも、そんなこと一体どうやって」と1番が疑問を呈した。

「……湿布」

5番がハッとしたように呟いた。

「湿布薬はどうっすか？　被告人も被害者も貼っていなかったんすから、現場にいた第三者が貼っていたと考えるしかないっすよね。もし、御子柴さきが湿布を貼っていたとするなら……」

「いや確かにそうだけど」４番が呆れたように言った。「そんなのどうやって証明――」

「あああ！」

２番が叫んだ。

「ちょ、ちょっとなになに、どうしたの？」

「……湿布を貼ったってことは」２番が震える声で言った。「筋肉痛になったか、ケガをしたって、ことですよね？」

「殺人現場で筋肉痛っていうのもなんだか間抜けっすけどね。ケガしたんじゃないですか。多分、捻挫《ねんざ》とか――あああ！」

２番に続いて５番まで絶叫するものだから、私は二人の頭がいよいよおかしくなったのだと思った。それは４番も同じようだ。

「な、何よ、二人ともどうしたの？」

「１番さん、あなた、東京公演の二日目に、御子柴さきに説教したって言ったっすよね」

「いや、そのことはもう反省しましたから、あんまり蒸し返さないでもらえますと……」

「違うっす」５番が言った。「その時、左へのステップの踏み込みが甘い、って言ったんすよね」

「ええ、確かにそうですが――」

1番は動きを硬直させてから、「まさか！」と悲鳴のような声を上げた。

「そうか！」6番が言った。「御子柴さきは現場でものにつまずくか何かして、左足をケガした。恐らく捻挫の類《たぐい》だろう。それを見かねた被告人は、持っていた湿布薬を左足に貼ってやったんだ。その時は湿布のゴミが大した証拠になるとも思わず、ゴミ箱にそのまま捨ててしまった」

「レシートは燃やしたのにね」と4番。

「まあ、レシートとは証拠の見かけ上の重みがまるで違う。気が付かないのも無理はない。ともかく、被告人も被害者も湿布を貼っていないなら、第三者が湿布を貼ったと考えるしかないわけだ」

「御子柴さきが殺害現場にやって来た！」

「ウリャオイ！」

「ウリャオイ！」

「無罪だ！」

「あの被告人は無罪！」

評議室に忽《たちま》ち統制の取れたコールの嵐が吹き荒れた。

陪審員や裁判員をモチーフにしたフィクションには、無名の市民が集まって、それぞれの知を発揮して正義を勝ち取る……という一つの理想が表現されることがある。だが、ここまで偏向した知識を持った市民が結集してしまう、などという現実があってよいのだろうか？

職業裁判官三名のうち、最初に理性を失ったのは左陪席だった。

「馬鹿な！　馬鹿な！　馬鹿な！」左陪席は絶叫して抗議した。「認められるか、こんな茶番が！　裁判長！　ねえ、そうでしょう！」

持ち前の明るさの中にも、人一倍強い正義への信条を持つ男である。この乱痴気騒《らんちき》ぎを前にして、正気でいられるはずもなかった。

「ええ、はい」さすがに左陪席の形相には面食らったのか、裁判長が引き気味に言った。

「それは確かにそうですが……」

「ね！　そうでしょう！　第一、殺害現場の部屋はツインベッドの部屋で広かった！　被告人も被害者も綺麗好きだったのか、ベッドの上以外には荷物もろくに広げていませんでした！　捻挫した？　一体どこで捻挫したっていうんですか？　そんな状況が成り立つには——」

「真っ暗だったらどうかしら？」

3番が得意げに言った途端、「そうだそうだ」という賛同の声が裁判員の間を行き交った。その瞬間、左陪席が肩を震わせて笑い始めた。

「言質《げんち》を取りましたからね。現場は真っ暗だった！　それゆえに御子柴さきは捻挫した！　いいでしょう！　では、この問いにはどう答えますか？　だったらなぜ、被害者は頭を殴られた後、犯人の顔を見分けて、しかも、真っ暗闇の中で御子柴さきのペンライトをピンポイントで引き抜けたというのですか？」

あっ、と私は膝を打った。

「それは……」と2番が言いよどむ。

「そう。この瞬間、あなた方が言うダイイングメッセージ説は水泡《すいほう》に帰《き》すのですよ。どうです、ないでしょう？　真っ暗闇であるにもかかわらず、一目で御子柴さきのペンライトが分かった状況。事件当時に停電はなかったのだから、犯人か被害者が電気をあえて消した理由もないとダメですよ。もっと言えば、犯人が真っ暗闇の中で被害者の頭を狙えた理由もね。どうですか、あなた方の推理が砂上《さじょう》の楼閣《ろうかく》だったということが分かったでしょう！」

左陪席の問いかけに、遂に裁判員たちが押し黙った。私はホッと胸を撫で下ろして、この荒れ果てた評議を元の路線に戻す方針を模索し始めた。

「いや……ここまで来て諦めるものか」

「1番さん、よく言いました」2番が1番の肩を叩きながら言った。「きっと何か突破口があるはずです」

「あんたら、まだ言うつもりか――」

「では、一つだけ質問させてもらいましょう」6番が不敵に微笑《ほほえ》んだ。「裁判長。当初、被告人と被害者は『Cutie Girls』のライブのＤＶＤを見て、その際に口論になって犯行が起きたとされていました。では、ライブのＤＶＤの再生位置は、どこに合わせられていましたか？」

「え？」

裁判長は目を丸くした。左陪席もこの意想外の問いには完全に硬直してしまっている。私は慌てて、先ほど裁判長が読んでいた実況見分調書を引き寄せて、該当の記述を探した。私は問いに答える。

「ええと、ここには、発見時、ホテルのプレーヤーで再生し始めると、ディスク二枚目の一時間三十三分の位置から再生が始まった、とあります」

よくこんなことまで書き留めていたものだ、と思ったが、被告人もＤＶＤを殺害直後に止めたと証言している。現場の警官もそれが気になって調べたのだろう。

「なるほど。ディスク二枚目の一時間三十三分。恐らく、御子柴さきの名曲『over the rainbow』のところでしょう」

6番は微笑んだ。

「やはりそうでしたか。それでは、お尋ねの疑問はこれで全て解けました」

「……え？」左陪席は小馬鹿にしたように言った。「悪ふざけも大概にしなさい。現場でかかっていた曲がなんだと言うのです。そんなことで、私が挙げた疑問がすべて解けるわけが――」

「もし」６番が人差し指を立てた。「暗闇の中、被害者がコンサートライトホルダーの中のライトを、あらかじめすべてオンにしていたとしたら、一日で御子柴さきの色、赤を引き抜けただろう。それは認めるでしょうね？」

「……確かに、それならいいでしょう」

「ライブDVDを見る時、被害者はあることを練習するために自ら電気を消した。そしてコンサートライトホルダーのライトをすべてオンにした。被害者はそれをホルダーごと頭上に掲げていたのだ。犯人はだからこそ、被害者の頭を正確に殴ることが出来た――」

「だから、それはどういうことだと言っているんだ！」

「かの東京公演一日目！　夜のラジオで、翌日の出演を控えた御子柴さきは言ったのです。『「over the rainbow」には、〈あの虹を越えて　キミに会いに行く〉という歌詞があります。そこでファンの皆さんが――』」

１番と２番が声を揃えて叫んだ。

「全色、一斉点灯！」

　私は頭を抱えたくなった。そうだ。彼らは確かにそんな話をさっきしていたではないか。虹色に見立てるために手持ちのペンライトを一斉に点灯したら、きっと綺麗な眺めだろう。それを見てみたい。そしてそのアイドルの願いに、当意即妙で応えたオタクたちの話——。

「その通り！　被害者はあの日、過去のライブDVDを見ながら、全色一斉点灯のタイミングを練習していたのです！　脅迫者とはいえ、被害者もオタクです。ライブの特殊演出に乗っかるのは一種のお祭りですから、練習したくなるのもオタクの心情です。

　もちろん、過去のライブの『over the rainbow』の映像では、まだ全色一斉点灯が実行されているわけではありませんが、歌は同じですから、タイミングを練習することは出来ます。その歌詞が歌われた瞬間に、ホルダーの中のスイッチをすべてオンにして、掲げる。ぶっつけ本番ではもたつく作業でしょう。だから、被害者は練習をしていた。ゆえに、あの時ライトはすべて点灯していた」

　6番の言葉に1番が唸った。

「二本のペンライトを混ぜていたのはそのせいですか。藍色と黄色を追加して、虹の色を作った……二日目のメンバー四人と御子柴さきの赤で、虹の七色が完成する。残り八本も一緒に光らせておけばより華やかだ」

「それなら」2番が引き継いだ。「ライトとテレビ画面の光で犯人の顔も見えたはずです。そして、御子柴さきのペンライトを選び取ることも出来る……」

「ライトの電源が発見時にオフだったのは」３番が言った。「きっと被告人がやったことですね。死亡時の状況を隠すためだった……」

「そして」

４番が悲しそうに言った。

「分かったよ。ライブＤＶＤがその時点でちゃんと止めてあった理由。殺した後、冷静にＤＶＤを止めたっていう被告人の申し出は、あまりにも不自然だったし。……さきは自分が人を殺した現場に、自分が創り上げた歌が流れているのに、耐えられなかったんだ。だからその場で即座に止めた。

まさかこんな形で手がかりを残してしまうなんて、思いもせずにね」

左陪席は体から力が抜けてしまったようで、ドサッと椅子に倒れこんだ。

「……えー」

裁判長はおずおずと身を乗り出した。

「では……評決ですが、これは先に言っておかなければフェアではないと思いますので、水を差すようで恐縮ですが……」

「え」１番が聞いた。「何ですか、一体」

「ここで無罪という評決が出た場合ですが、その場合は地裁の決定として、被告人は無罪という判決を出し、そこで皆さんの職務は終了になります」

　裁判員が全員、「えっ」と口を揃えた。

　私はハッとした。確かに裁判長の言う通りだ。常軌を逸した展開の連続に、そんな簡単なことにも気が付けなくなっていた。

「そんな……」と1番が言った。

「じゃあ、御子柴さきの立つ法廷は、我々とまったく無関係に開かれる、と?」と2番が嚙みついた。

「そうなります」

「あらあら。まあまあ。でも、被告人も無罪になったら、さきちゃんを守るために放っておかないのじゃございませんこと? それに、さきちゃんが被告人となる審理も開かれますでしょう? 私たち裁判員なんだから、そうした関連審理には優先的に傍聴に呼んでくださるんでしょう?」

「そりゃそうだ」と4番が引き継いだ。「自分の関わった裁判だもの、気になるもんね」

「いえ。こちらから関連審理について連絡を行うという制度は設けておりません」

「何だよそれ!」と5番が言った。

「だからお役所は人を馬鹿にしてるというんだ!」と6番がいきり立った。

「もし御子柴さきさんが犯罪を犯していたとしても、その罪についての審理はまた別途に行います。また別の裁判員を六名選出することになりますね」

裁判長は何も間違ったことは言っていない。今言わなければ、勘違いしていた彼らはあとで裁判所に文句を言いに来るに決まっている。ここで分からせてやった方がいいのだ。あわよくば、彼らの愚《ぐ》にもつかない妄想を捨てさせた方がいいのだ。

熱病にうかされたようだった評議室からも、ようやく熱が引いていって、裁判員の皆も冷静になったようだった。私たち三人も、顔を見合わせて、ようやくため息を吐いた。

「……ねえ。皆さん」

1番が静かに身を乗り出した。

「私たちはたまたま、こうして同じアイドルへの愛で結ばれた六名でした。でも、次の六人はどうでしょう？　御子柴さきのことをよく知り、情をかけてくれる人々が選ばれるでしょうか？」

「いや、そもそも裁判員は裁判に上がってくる情報だけを吟味するべきで——」

私の反論は2番の声に遮《さえぎ》られた。

「そうとは言い切れません！」

「ええ、私たちの手から放してなるもんですか」3番が威勢よく言う。

5番がおずおずと言った。

「それなら、有罪ってことにしたらどうっすか？」

「え？」と4番が聞き返す。

「いや、裁判に上がってきた証拠は、被告人にとってメチャクチャ不利じゃないですか。で、自白もしている。この評議だって、最初から有罪ありきで、量刑をどうするかって方向性で始まったはずっすよ」

「確かに……」

「それに、有罪にするのには、もう一つ意味があるんす。もし、これまで俺たちが積み上げてきた、コンサートトライト、ダイイングメッセージ、レシートの燃えカス、アリバイ、湿布薬、『over the rainbow』……これら一切合切《いっさいがっさい》の推理が真実だったとするなら、被告人の願いは、自分が有罪になって、御子柴さきが罪を免れることのはずっす」

「つまり、被告人が望んだ結果になるってわけか！」

6番が指を鳴らした。

「被害者はストーカー野郎だったんだ。こともあろうに御子柴さきちゃんの。そして強請までしていた。だとすれば、被害者は死ぬべき奴だったんだ」

6番の言葉は少々過激だったが、裁判員たちは特に異論を呈しなかった。

「評議の過程は非公開だから」4番が確認するように深く頷く。「あたしたちが真相を見つけ出したことも明らかにならない……」

「そう。俺たちは推理をした上で、その推理をすべて放棄するんすよ」

「ま、待ってください」と私は慌てて口を出した。「裁判というのは、当事者の望む判決を出す仕組みではないのです。あくまでも真実に合致した――」

「有罪だ！」

「そうだ、有罪にするべきだ！」

「ウリャオイ！」

「ウリャオイ！」

裁判員六名はまたも盛り上がり始めた。

「あらあら。でもいいんでしょうかねえ」3番は我に返って困惑したように言った。

「こんなに皆さん頑張って推理しましたのに……」

「3番さんだって、御子柴さきのことを娘のように思っていると言ったでしょう」2番が微笑んだ。「私たちも実は、同じようなところがあるのです。ある時のMCで、彼女たちはね、グループが発足してから二年か三年見守っていただけの僕らを、『もうこんなに長い時間を過ごしたのだから、もはやファミリーですね』なんて言ってくれたことがあるんです。たかだか二年か三年、コールや差し入れ、生誕祭の贈り物以外で返すものもない僕らを、家族、だなんてね」

2番のしみじみとした言葉に、1番と6番が深々と頷き、5番も「俺、そういうのいいと思うんすよ。俺たちの『現場』も、そうでしたよね」と4番に話を振った。

「……そうだねえ」４番は遠い目をして言った。

「４番さんは、有罪でもいいっすか？　御子柴さきへの追及は、もう出来なくなりますけど。さきちゃんがどんなことで強請られてたかも、永遠に分からなくなるし……」

「……いいよ、それでも」４番は笑った。「なんか現金なもんで、熱冷めちゃった。そしたらさ、あたしも思い出したよ。あたしはあいつの笑顔と歌とダンスが好きだって。あたし、どうしようもないくらいあいつのファンなんだって」

彼女の言葉に、裁判員はそれぞれ感じ入ったように思われた。彼らにも御子柴さきを応援する彼らなりの理由があるのだろう。

４番は裁判員の面々に取り繕うように笑ってから、「あたし、御子柴さきのステージをまだ見ていたい。有罪以外ないよ。あたしらの有罪判決で、あの被告人を男にしてやろう」と言った。

その狂熱が再び左陪席を動かした。

「そうだ――」

また左陪席が何かに取り憑《つ》かれたような表情で言った。

「ふ、ふふふ。そうだ。お前ら素人がどんなに思いあがったってダメだぞ。最後の最後にきちんとストッパーが用意されているんだ」

左陪席はまるで映画の中の悪役のように両手を広げて高笑いし始めた。

「ふ、ふふふ、いいか。最初に説明した通り、評決は多数決だ。そして多数派の中に、最低でも一人職業裁判官を含まなくてはならない……」

この狂騒に揉まれるうちに、私の頭も鈍くなってしまったらしい。彼が口にするまで、そんなルールがあることもすっかり忘れていた。裁判長が冒頭で話してくれていたのに。

「……では、評決に移ろうか」

裁判長が重々しく言った。

「有罪です」「有罪ですね」「ええ、ええ、有罪ですとも」「有罪ってことで」「有罪でいきましょう」「有罪だ、紛れもなく」と裁判員六名が口々に言った。

「は、はは、知っていたさ。私は無罪、無罪だ！　お前らの推理を採るのは気に食わんが、こんな不正が行われるのを見過ごすわけにはいかない！」

「……無罪です」と私は言った。

裁判長は威厳を漂わせて言った。

「有罪だ」

「……今何と？」

左陪席の動きは硬直していた。私は急速な喉の渇きを覚えながら、椅子から立ち上がって、「裁判長！」と声をかけた。

裁判長は長い息をついてから、深々と椅子に腰かけた。天を仰ぎ見てから、何かを諦めたように瞑目して、「有罪だ」と繰り返した。

裁判員六名は勝利に歓声を上げた。

これからカラオケに行ってコールの練習をしようと1番に提案する2番と6番の声。大学生のノリで参加を申し出る5番と、ぜひ歌を聞きたいからと誘われて面倒くさそうにしている4番。そんな彼らの間を縫うように、幸福に満ちた表情で食器の後片付けをする3番。まだ量刑判断も残っているというのに、すっかりお祭り気分である。

何かひどく非現実的な光景でも見ているかのように、私の頭は熱を帯びていた。

「そんな……そんな、裁判長、一体どうして……」

「すまない」裁判長は目を覆った。「本当にすまない」

私はこれまでの成り行きを思い出した。アイドル現場に1番や2番より年嵩《としかさ》のロマンスグレーの紳士さえいること。彼らが何度も、アイドルを家族のように大切だと、娘のようだと表現したこと。裁判長が妻を亡くして以来、子供もなく一人で暮らしていること。

力なく椅子に座りこんだ裁判長の服のポケットから、彼の手帳が滑り落ちた。手帳の最後のページが開く。そこに挟まれた御子柴さきと裁判長の笑顔の記録。一葉の写真《チエキ》。

置き土産

伊兼源太郎

伊兼源太郎（いがね・げんたろう）
一九七八年東京都生まれ。上智大学法学部卒。新聞社勤務などを経て、二〇一三年に『見えざる網』で第三十三回横溝正史ミステリ大賞を受賞しデビュー。著書に『事故調』「警視庁監察ファイル」シリーズ、「地検のS」シリーズなど。

1

崩れ落ちるように椅子の背もたれに寄り掛かると、沢村慎吾《さわむらしんご》は首根をきつめに揉《も》んだ。いつにない疲労が心身を深く蝕《むしば》んでいる。まだ午後二時過ぎだというのに、いっそこのままひと思いに倒れ込んでしまいたい。

湊川《みなとがわ》地裁一階、三十帖ほどの記者室は今日、空気がどんより沈んでいた。

湊川司法記者クラブ加盟の報道十二社は、奥行きのある記者室の壁際に統一規格の小さなブースを構えている。両脇を薄いパネルで、出入り口を厚手のカーテンで簡単に仕切っただけの代物《しろもの》だ。沢村は二時間前から、その東洋《とうよう》新聞ブースにいた。ただでさえ二人並べば肩がぶつかり合う狭さなのに、右に過去十年分のスクラップ、左には歴代の担当記者が買い込んだ法律関係書が山と積まれ、貴重なスペースは減っている。だが、平日午前九時から夕方まで裁判取材を行う拠点としては何の問題もない。幸いというべきなのか、現在、東洋新聞湊川支局の司法担当は自分だけだ。

息を殺し、沢村は各ブースに籠《こ》もる他社の気配を窺《うかが》った。咳払《せきばら》いも、衣擦《きぬず》れの音も、新聞や資料を捲《めく》る音すらもしない。誰もがぐったりし、しばし何もする気が起きないのだ。虚脱感と敗北感がごちゃまぜになった重たい体で早朝から駆け回り、夕刊用の原稿を仕立てたばかりなのだから。

……いや。報日《ほうにち》新聞だけは違う。今日は、ほくそ笑んでいるはずだ。

机の隅に転がる栄養ドリンクの瓶に手を無意識に伸ばしかけて、止《や》めた。いつ買ったのか定かじゃない。下手すると、二年近く机に放っていた気がする。沢村は引き出しから賞味期限ぎりぎりのチョコバーを半ば義務的につまみ出した。表面が溶けて形の崩れたチョコバーを、生ぬるいペットボトルのウーロン茶でおざなりに流し込む。これで今日の昼食は終了だ。

ジリリリリ。机の左隅に置かれた、四十年モノの黒電話が甲高く鳴った。森閑とした記者室に鳴り響くこの古めかしい音を微笑《ほほえ》ましく感じる時もあるが、今日は耳障りでしかない。

「東洋新聞司法ブースです」

隣のブースにはっきり聞こえぬよう、沢村はぼそぼそと応じた。

「俺だ。今、いいか」

高圧的な声を返してきたのは、支局長だった。これまで一度たりともブースに電話してきたことがない。もっと言えば、携帯にかかってきた憶《おぼ》えもない。沢村は嫌な予感がした。

「何でしょう」

「この時期に抜かれるのは致命的だな」

唇を強く嚙《か》んだ。そんな現実は言われずとも理解している。新卒入社から六年、あと三ヵ月もすれば地方勤務が終わり、本社に上がる。ちょうど人事部が希望部に配属するか否かを検討している時期なのに、そこで抜かれた。なおかつ、報日は社会面アタマを張ってきた。

昨日、ここ湊川地裁でひったくりの被告人が無罪となった。防犯カメラに頼りすぎた捜査だったとして、証拠不十分だと公判で断ぜられたのだ。起訴すなわち有罪という日本の司法常識では異例の判決で、防犯カメラという現代性が反映された点も報日が大扱いした要因だろう。

今頃、起訴した湊川地検も空気がぴんと張りつめているはずだ。次席検事のコメントを取りに官舎マンションに行った朝の光景がある。官舎から登庁していく検事たちの顔は、一様に引《ひ》き攣《つ》っていた。

無罪判決を抜かれたのは痛すぎる。しかし、湊川地裁では一日に百件近くの刑事裁判があり、一人で全公判を把握するのは不可能だ。殺人や子ども絡みの犯罪など、初報で大きく扱った事件のフォローに追われ、日常的に発生する今回みたいな犯罪まではとても目が届かない。……言い訳か。争点が物珍しい公判や問題になりそうなネタをいつも探しているのは、どこの誰だ？

「いいか、沢村。一週間以内に抜き返せ。そうすりゃ、負けても速やかにやり返す記者って評価に繋《つな》がる。挽回《ばんかい》できなきゃ、政治部は諦めろ。俺は推薦しない。以上だ」

いきなり電話が切れた。沢村は数秒不通音を聞くと、受話器を投げ捨てそうな己を律し、殊更丁寧に置いた。一週間……。余りにも短い。この六年の我慢と積み上げた実績は何だったのか。

新人記者として湊川支局に赴任してから、やりたくもないサツ回りを四年、さらに司法回りを二年務めた。これは典型的な事件記者のコースだった。

湊川市は十の行政区を抱える政令指定都市で、人口は百五十万人を超え、事件事故の発生件数も膨大だ。社会的に大きな反響を呼ぶ事件も多く、沢村は捜査の進展を逐一追わねばならない懸案を年中抱えてきた。しかも大都市であるがゆえ、各社「できる記者」が集まっており、一瞬たりとも気は抜けなかった。

初めのうちは激戦区で戦える淡い誇りを胸に抱いた。だが、トウモロコシを「どうも殺し」と聞き間違えるほど神経を尖《とが》らせる毎日で、そんな誇りはあえなく吹き飛んだ。

全国版に何本原稿を送るかという同僚や他県にいる同期との競争も厳しく、六年間で丸一日休めたのも一度あるかどうかだ。大学卒業時、友人たちに「いい街に赴任するなあ」と口々に羨ましがられたほど、この港街には観光スポットが点在するが、足を運ぶ時間は皆無で、市東部に建ち並ぶ室町《むろまち》時代から続く酒蔵の銘酒も堪能できていない。飲む場面は多くても、いつネタを耳にできるかわからず、自分を殺して飲んできた。

特にこの二年は常に気を張っていた。新聞の事件取材では、司法回り記者が要となる。地方検察庁――地検の動きを追っているためだ。汚職や殺人などの重大犯罪であればあるほど、警察は動きが慎重になり、逮捕前には地検と相談を重ねる。きっちり裁判で有罪に持ち込むべく、大きな事件では起訴前から担当検事がつくのだ。したがって検事の動きを嗅ぎ取れれば、当該事件が日の目を見るか否かを、立件される場合はその時期などを他社に先駆けて報じられる確率が高くなる。

もっとも、検事の動向なんて一般の新聞読者には皆目見当もつかない世界の話だろう。かつては沢村自身もそうだった。

地検は全国の県庁所在地などに五十あり、所属検事が十人に満たない場所も多い。その中で湊川地検は、札幌《さっぽろ》地検や福岡《ふくおか》地検などと並ぶ大規模な「A庁」の一つで、検事は約四十人いる。ただ規模がどうあれ、市民にとっては縁遠い存在だ。地検が容疑者を取り調べ、裁判で刑事責任を追及する機関だと知っていても、普通は一生触れる機会もない。市民が地検と聞いて連想できるのは、特捜――東京地検特捜部の名前くらいではないだろうか。

司法記者にとっても地検の壁は分厚い。広報役である地検ナンバーツーの次席検事以外への取材は固く禁じられ、他の検事と接触しただけでも次席への取材が一ヵ月間差し止めとなる。また、毎週火曜に開かれる次席レクを除けば、地検の庁舎には一歩たりとも足を踏み入れられない。同期の記者に聞くと、全国どの地検でもこれは同じらしい。地検は社会と隔絶した聖域で生きる組織だと言える。

その上、湊川地検では次席検事の本上博史《ほんじょうひろし》がネタも持たない記者の夜回り朝駆けを極度なまでに嫌悪している。あの事件の見通しは？ そんな具体性のない質問をすれば、しばらく何も答えてくれなくなるのだ。だから各社、容疑者や被告人の弁護人関係から必死に情報の断片を集めては次席にぶつけている。

沢村はこの司法回りから外れたかった。きついからではない。

政治部志望だからだ。入社時から希望を言い続けてきた。所詮、検察庁も裁判所も犯罪という非日常の出来事に対し、法を機械的に運用する機関でしかない。一方、政治家や行政機関は市民の日常に大きな影響を与える。誰にとっても身近な問題である政治や行政を取材し、報じたいのだ。湊川市は現厚生労働大臣で、先日来、与党「民自党《みんじとう》」の次期総裁候補と報道機関が報じ始めた衆院議員の地元でもある。しかし沢村は、県政担当はおろか市政担当にも配属されなかった。歴代の支局長やデスクの言い草はいつも同じだった。

――事件に強い記者の方が政治部も使いやすいんだよ。どんどん独材を出しまくれ。

独材。いわゆる特ダネだ。上司の得点稼ぎに利用されているのは承知していたが、他に自分をアピールする手段もなく、政治部への近道だと信じ、三ヵ月に一度は独材を出した。一面だって何度も獲《と》った。それが他社にたった一度抜かれただけで、政治部への路《みち》が断たれるだと？　冗談じゃねえッ、こんなふざけた仕打ちがあるかよッ。……何もない空間に向かって力任せに拳を振った気分だった。いくら毒づいたところで、状況は変わらない。言われた通り抜き返す、結果を出すしかないのだ。支局長の意見が、人事部の配属検討を左右する点だけが理由じゃない。なにより。

政治部に負け犬は不要、エリートだけいればいい――。

この本社上層部の意向は、入社一年目の記者にまで知れ渡っている。

それだけに、一週間という期限は絶望的だ。明日から地裁の第一、第三刑事部が二十日間の長い夏休みとなる。残る第二刑事部の公判予定は、ありふれた軽い案件ばかりだった。その全公判を確認しても、報日が抜いたようなニュース性の高い無罪判決が都合よく出るとは思えない。悪い状況は重なるもので、明日から本上も一週間の夏休みに入ってしまう。独材に仕立てられる手持ちのネタもない。……だからどうした、このまま終わってたまるか。沢村は静かに立ち上がり、厚いカーテン戸を捲ってブースを離れ、記者室から出た。

天井の高い廊下には、屋内でもセミの大合唱が響いていた。力強い鳴き声は窓や壁を楽々と突き抜けてくる。ひとまず気分を変えようと、階段に足をかけた。五階の窓から街を眺めると、心が穏やかになるのだ。地裁は八階建てで高台にある。この辺りは市の中心から地下鉄で十分ほど離れており、周囲に高い建物もなく、五階まで上ると窓から海と街が一望できる。沢村はその景色が好きだった。とはいえ、大法廷や記者室がある一階から調停室などが並ぶ五階まで一般用エレベーターがないのは頂けない。裁判官や事務職用の六階以上には専用エレベーターがあるというのに。

のろのろと二階に上がった。小さな法廷が並び、裁判官も一人という軽い刑事事件を扱うフロアだ。沢村は今までほとんど足を踏み入れていない。話題性の高い、大きな事件事故の公判ばかりを記事にしてきたからだ。そのまま三階へと向かいかけた時、沢村はフロアの奥に視線を止めた。

伊勢雅行《いせまさゆき》がいた。法廷の後部扉にある小窓から中を窺っている。湊川地検の総務課長で、記者にとっては週に一度、次席レクの窓口になる男だ。

伊勢の仕事は多岐に亘《わた》る。地検職員約三百人の健康管理、各種調査、備品管理、そして人事の取り仕切り。司法記者は検事同様、地検職員ともほとんど接しない。それもあって、どこか伊勢も得体が知れない。

伊勢の平坦《へいたん》な声は、その漠とした印象に拍車をかけている。

——今週も定刻通りに次席レクを行います。

湊川司法記者クラブでは、記者室に配達される新聞各紙の購読費徴収などを行う幹事社を二ヵ月単位で持ち回っている。幹事社には毎週月曜の夕刻に伊勢から次席レクの連絡があり、沢村も何度も受けた。ほかに会話をした記憶もない。……いや、もう一つあった。

——次、東洋の沢村さんどうぞ。

次席レク後に行われる、個別取材の案内だ。これもまた事務的な会話になる。

ただし、伊勢が湊川地検内で歴代次席検事の懐刀と称されているのは知っている。常に次席の相談を受け、意を汲《く》んだ行動をとっているというのだ。異動する検事への餞別《せんべつ》品の選定、地元弁護士会や名士との会合設定といった雑事全般はもちろん、県警との連絡役や、検事の素行調査などでも動いているらしい。時には量刑の決裁にまで関わる噂《うわさ》もある。懇意の弁護士や警官から耳にするだけでなく、先代の司法担当記者からもそう引き継ぎを受けた。

誰が言い出したのか四十代半ばにして真っ白な髪から、伊勢は記者の間では『白い主』という意味で、シロヌシと呼ばれている。最近ではさらに略し、単に『S』とも呼ぶ。中肉中背の体格は主のイメージには程遠いが、獲物を狙う爬虫類《はちゅうるい》を彷彿《ほうふつ》させる眼《め》と抑揚のない声が生む不気味さは、あだ名に相応《ふさわ》しい。

シロヌシ——Sをネタ元にしたい。湊川の司法記者なら一度は願うが、これまで誰も近づけないでいる。記者が容易に当たれる相手ではないのだ。地裁近くの蕎麦《そば》店で昼食をとっていて、伊勢が入ってきた時がある。沢村から最も離れた席に座ったため声をかけられずに様子を眺めていると、伊勢は記者対応時の姿と変わらず、平たい声と冷たい目で店員と接していた。後日、話好きの店員に聞いた。

——二十年来の常連サンだけど、いつも一人だし、世間話もしたことねえなあ。そういや出前に行った時、検事さんが十人近くいた部屋に通されたんだけどさ、伊勢さんが入ってくるなり、室内がピリッとしてな。誰にとっても近寄りがたい人なんだなあと思ったよ。

伊勢は検事すらも緊張させる特異な存在なのだ。

その伊勢が不意にこちらを向いた。何の感情も汲み取れない無機質な視線だ。扉を離れ、滑るように歩いてくる。自《おの》ずと沢村の足も動いた。並ぶ小法廷のドアの前を過ぎ、無人の廊下を進んでいく。すれ違う直前、目が合った。

「伊勢さん、何か気になる点が？」

いいえ、と頭を心持ち下げた伊勢が、傍らを粛然と抜けていく。後ろ姿を目で追うと、きびきびと規則正しい足取りで階段を下っていった。地裁を出て二分もかからずに、ミラーガラスで覆われた七階建ての地検庁舎に辿《たど》り着く。伊勢の行動パターンは知らないが、あと二時間弱で始まる次席レクの準備のため、地検に戻るのだろう。

沢村は伊勢が覗《のぞ》いていた法廷が気になり、向かった。

二〇二号法廷。扉脇には、今日八月十一日火曜の公判予定表が貼られている。この時間は窃盗事件の第一回公判とあった。小窓の蓋を持ち上げ、法廷を覗いた途端、朝から体内に生じていた凝りが解《ほぐ》れていった。

……平田《ひらた》さんだ。傍聴席に浅く座っている。

地黒の肌、エラが張った顎に小ぶりで引き締まった口、金壺眼《かなつぼまなこ》、愛嬌《あいきょう》のある団子鼻。一時は毎日顔を合わせていたというのに、あの顔を見るのは久しぶりだ。

平田仁吉《じんきち》は県警の名物男だった。県警有数の腕利き刑事として多くの事件を解決し、幹部からも後輩からも信頼されていた。記者嫌いでも有名だった。そんな評判も知らない一年生記者の時、受け持ち署の刑事課に平田がいた。

あれは五月の連休前だった。他に誰もいない夕方の刑事部屋で初めて交わした会話は、今でもはっきりと心に残っている。その時は取材すべき事件もなく、手持ちの話題も年齢差からすぐに尽きてしまったが、少しでも食い込もうと必死に話を継いだのだ。

「刑務所とか拘置所ってどんな所なんですか」

「悪くないぜ。三食、冷暖房付きで医療費も基本無料だ。体調を崩したら入ろうとする常習犯もいる。普段は物証がなけりゃ絶対に余罪を言わないくせに、そういう時だけはほいほい吐くんだ。沢村も入りたいんなら、逮捕してやんぞ」

「これでも善良な市民ですよ」

「罪なんて、探せば誰にだってあるもんさ」平田がにっと微笑んだ。「なんつってな」

それから煙草《たばこ》臭い刑事部屋に通い続けるうちに挨拶だけでなく会話も交わす間柄になり、政治部へ進むにはどんな結果が必要かを話したり、刑事の考え方などを教えてもらったりした。他の記者は相手にしないのに、なぜ自分とは話してくれるのかを恐々《こわごわ》聞いた時もある。

「俺が記者を嫌うのはな、恥知らずだからだよ。その点、沢村は恥を知っている。銀行員殺しがあったろ？　あの時、お前は異質だった。葬儀場前で申し訳なさそうに遺族を撮影していたんだ。他の連中が鉄面皮にフラッシュを浴びせ続ける中でな。いくら普段は正義の味方でございって顔をしてても、ああいう現場で人間の本性ってのは出る」

配属されて間もない四月、中央《ちゆうおう》区で発生した殺人事件だった。苦痛に苛《さいな》まれる遺族を他社と取り囲みながらも、本当に撮影していいのかと戸惑ったのを沢村は憶えている。最後には仕事なんだと心中で謝罪し、撮影した。記者の行動まで見ている平田に驚くと同時に、嬉《うれ》しさもあった。

「恥知らずだけにはなりたくないんです。金を払ったからって店で横柄な態度をとったり、自分じゃ何も出来ないくせに口先だけ達者だったりする連中が嫌いなので」

「いい心がけだ。その気持ちを忘れんなよ。地位が高かろうが、人より秀でた才能があろうが、人間の根本はそこだ。必ず報われる時がくる」

初めて自分の原稿が全国面を飾ったのも平田のおかげだった。

毎朝署に顔を出すと、いつも平田は新聞各紙をくまなく読んでいた。それも他の警官とはまるで違う真剣な眼差《まなざ》しで。

「新聞記者としては嬉しいんですけど、なんでそんな熱心に読んでるんですか」

「逮捕した奴が再犯してねえかをチェックしてんだ。責任を果たしたか、毎朝びくびくさ」

「再犯？　それって平田さんの責任なんですか」

「別にそんな規則も不文律もねえよ。けどさ、刑事ってのは誰かを逮捕したら、そいつの親代わりになんだと俺は思ってんだ。だから連中の不始末は俺の責任でもあんだよ。最後まで世話してやんねえとな」

本人は口にしなかったが、平田が刑期を終えた者の仕事を世話し、彼らから感謝の手紙がよく署に届くことも周囲から聞いた。この一連のエピソードを原稿に仕立てると、全国版の夕刊社会面を飾ったのだ。その記事が出て以来、不思議と独材を重ねられた。

沢村にとって平田は恩人であり、福の神とも言える。先月末に定年を迎えて退官したのは知っている。他県警の多くは『定年に達した後の最初に迎える三月三十一日』を定年退職日にしているが、湊川では違う。誕生日月の末日が定年退職日となる。日々に追われてまだ挨拶もできていない。いい機会だ。沢村は扉を引き開けた。

すると一瞬、公判が止まった。裁判官や検事、弁護士の目が自分に向けられている。部外者が何をしに？　誰もがそんな目つきをしている。記者は小さな裁判をまったくと言っていいほど傍聴しないからだろう。こちらが向こうを知らなくても司法記者を二年も務めれば、彼らの大半には顔を憶えられてしまう。

当の平田だけはひたすら痩せた被告人の背中を見据え続けていた。傍聴席は二列五席並びで、平田はその前列中央に座っている。

沢村が後列の出入り口に近い席にそっと座ると、公判は再開した。ほどなく、初めて見る若い検事が被告人に懲役二年を求刑した。一回目の公判で論告求刑まで進むのなら、簡単な自白事件なのだ。来週火曜に判決公判が開かれると決まり、ひどく顔色の悪い被告人が力ない足取りで退廷していった。いくらか体が不調なのかもしれない。沢村は前《まえ》屈《かが》みになり、平田に声をかけた。やおら振り返ってきた平田はこちらの顔を見るなり、険しかった目を柔らかく緩めた。

一緒に法廷を出て、壁際に並ぶ木製の長椅子に座った。平田の白い半袖シャツには皺《しわ》が目立っている。いつも奥さんがアイロンを利かせたシャツを着ていたが、退官後、その習慣が終わったのだろう。

「平田さん、こんな場所でなんですけど、長年お疲れ様でした」

「ありがとよ。でも、もうひと踏ん張りなんだ」

「今日はプレッシャーを？」

「――刑事が法廷にいる時はな、てめえで手錠をかけた被告人が自白を覆さないよう、傍聴席から重圧をかけるためなのさ。

かつて平田自身からそう聞いている。平田がごま塩頭をぼりぼりと掻《か》いた。

「そんなとこだ。退官して暇だし、こいつは俺の最後の事件でよ。見届けないとな」

そのまま思い出話をしていると、五分足らずで平田が、どっこいしょ、と立ち上がった。

「悪いけど、野暮用があるから失礼するぜ」

「近いうちに飲みましょう。俺も、もうじき異動なんです」

平田はかなりの酒好きだ。やや間があいた。

「そうか、そうだな。またな」

階段に向かう平田の背中を見送った。……と、壁の向こうからぬっと人影が現れた。

伊勢が階段の前で平田に声をかけている。二人は連れ立って階下に消えた。

胸騒ぎがした。思えば、ありふれた自白事件なのに、なぜ平田は傍聴席から重圧をかけ、伊勢が覗き込んでいたのか。平田は退官して暇だと言いながら、早々に野暮用があると切り上げてもいる。沢村は素早く立ち上がり、廊下を大股で歩いた。自分の足音が気持ちを急《せ》き立ててくる。階段を駆け足で降りるも、すでに一階に二人の姿はなく、沢村は宙を睨《にら》んだ。

伊勢が動いている以上、次席の本上が関心を抱く公判なのだろう。こんな取るに足らない公判を、報日新聞が抜いた無罪判決の後始末に忙しい時に本上が気にする理由とは……。

アッ、と小さな声が出た。このタイミングだからこそ、推測できる事態がある。

連続無罪判決――。

その疑いがあるのなら、どんなに小さな公判でも次席が気にかけるはずだ。起訴案件の九割九分が有罪となる日本では、連続無罪判決の発生確率は限りなくゼロに近い。もしそれが起きれば、湊川地検を指揮監督する本上の責任問題にもなる。日本の検察が築き上げてきた権威を崩す問題にも発展しかねない。異様なまでの有罪確率の高さがあるからこそ、検察は新聞記者ですらアンタッチャブルな聖域を全国で築けているのだ。

だが、逮捕した人間への「責任」を日頃から口にしていた平田が携わる事件で、無罪判決が出るだろうか。……迷っている時ではない。ただの深読みだろうが、今の自分にはこの線しかないし、新聞読者が司法に馴染《なじ》みがないにしても、連続無罪判決なら最低限全国面を飾る。原因や被害者の人となり次第では社会面アタマ、あるいは一面を獲れる望みだってある。あの伊勢が絡んでいるのだ。たとえ恩人が相手でも、見込みがあるのなら調べるべきだろう。さもなくば、自分は。

抜き返せ――。支局長のものとも自分のものともつかない声が、沢村の頭の中で響いていた。

2

次席検事レクは今日も定刻の午後四時、厚い臙脂《えんじ》色の絨毯《じゅうたん》が敷かれた湊川地検五階の応接室で始まった。本上は窓を背に黒革張りの椅子に座り、半円状に座る記者陣と向き合っている。記者は次々に質問を繰り出した。

――裁判所が「不十分だ」と指摘した捜査手法について、地検は現在も「十分だった」という認識ですか。

――判決不服で高裁に控訴しますか。

――担当検事はどんな説明をし、それについて次席のご見解は？

本上はいずれも、これから詳細に検討して適切に対応する、と淡々と答えるだけだった。無罪判決を食らい、腹の底では苛《いら》ついているだろうに感情を一切見せない。

何も情報が得られぬまま囲み取材は終わり、五分間の個別取材に入った。同じ応接室で行われ、自分の番が来るまでは廊下でめいめい待つ流れになる。

薄暗い廊下は静かだった。それでいて広い応接室からのやり取りは何も聞こえてこない。壁には湖畔の風景画が飾られている。もうすぐあの絵ともお別れだ。ここではいつも風景画を視界に入れつつ、何を質問すべきかを一心に練ってきた。

横目で左手にいる伊勢をちらりと見た。応接室の重厚な観音開きの木製ドアを無表情に眺めている。

黙って順番を待つ間、沢村は一時間ほど前に足を運んだ地裁総務課の様子を反芻《はんすう》した。

二〇二号法廷の件について聞きたいが、他社がいる。

起訴状などの写しを請求したのだ。地検に入れない以上、起訴状や冒頭陳述、判決文といった書類が欲しければ、地裁に請求する仕組みとなっている。地検と地裁は別組織だが、「湊川司法ムラ」の住人同士だ。連続無罪判決の予兆があれば、普段と雰囲気が違っても不思議ではない。が、地裁職員にもフロアにも特に変わった点はなかった……。

ドアが開き、報日新聞の男性記者が出ていくと、伊勢がこちらを向いた。

「次、東洋の沢村さんどうぞ」

いつも通りに平板な声だった。

沢村は応接室に入り、パイプ椅子に腰掛けた。どっかり座る本上と正対する。こけた頬に、細く鋭い目。加えて、今日も本上の身なりには隙がない。開襟の半袖シャツ姿なのに、ネクタイをしっかり締め、皺ひとつないスーツを着ているみたいだ。髪も櫛目《くしめ》正しく整えられている。

　本上の前任は東京地検特捜部の副部長で、当時世間を騒がせたＩＴ企業の巨額脱税事件の捜査指揮を取り、見事に立件した。検事は年功序列で出世していくが、ある程度まで進むと一般企業同様に実力、実績、指導力が問われる。本上がその三要素を満たしているのは巨額脱税事案の一件でも明らかだ。実際、これまで順調にステップアップを繰り返して同期検事の出世頭となっている。湊川地検の後は、東京地検の次席検事や法務省の刑事局長という出世コースを狙っているだろうから、無罪判決が続く懸念があれば、心安らかではないはずだ。自身の人事にも大きく響く。

「次席、今日、二〇二号法廷であった窃盗事件について気がかりな面があるんですね」

「あ？」

「伊勢課長が覗いていたのを見たので」

　本上の怜悧《れいり》な表情は変わらない。

「沢村はなんで二階に行ったんだ？」

　身なりに似合わないざっくばらんな口調は、今日も摑《つか》みどころがない。

「気分転換です」

「じゃあ、伊勢もそうなんだろうよ。最近は色々と忙しい」

肯定も否定もない。警官ならイエスの反応だが、本上は読み切れない。もう一発、当てててみるか。

「確かに忙しいですよね。なにしろ無罪判決ですから」

「囲みでも言った通りだ。原因は詳細に分析する」

「その分析は間に合いますか」

二〇二号法廷の窃盗事件の判決は来週火曜に出る。時間はない。

「何が言いたい？」

「無罪判決は続きませんよね」

「一つ一つの事件に、きちんと対応していく。検察に出来るのはそれだけだ」

ガードは下がらず、教科書通りの答えは崩れそうになかった。

「次席、明日からのご予定は？」

「久しぶりに県外に出る」

夏休みの変更はないらしい。それから沢村はいくつか質問を投げたが、何の感触も得られず、持ち時間が尽きてしまった。

「さすが平田さんだよなあ。間接証拠もほとんどなかったんだぜ。任意で引っ張ってくるなり、あっさり落としたんだから」

嬉々《きき》として語る馴染みの刑事の顔を見つつ、沢村は、次席レク後に支局で目を通した県警広報文を頭の中でざっとなぞった。二〇二号法廷の窃盗事件について、逮捕時の概略が書かれている。

逮捕されたのは湊川市北区《きた》に住む名取次郎《なとりじろう》、五十五歳。日雇いの現場作業員で、六月二十六日午後十一時過ぎに中央区内の駅前ベンチで酔って寝ていた会社員から、八万円入りの財布を奪った容疑だった。七月二日に逮捕されている。

この事件は無罪判決に繋がりうるのか。次の判決までに捜査経緯を洗う必要があるが、具体的な情報を握っていない現段階で次席の携帯には電話できない。周辺から探るべく、平田が最後にいた所轄の中堅刑事の家に夜回りをかけ、午後九時半近くに帰宅したところをつかまえた。サツ回り時代、この刑事は同僚の話には口が軽かった。

「沢村、なんで本人に聞かないんだ？」

「最後にぶつけて驚かせたいんです。平田さんには内密にお願いしますよ」

生ぬるい風が吹き、その湿気が肌にまとわりついてきた。心まで湿っていく気がする。

……考えるな、徹しろ。

「間接証拠は何だったんですか」

「まずは靴跡だな。大量生産で新品の革靴だったから、あってなきに等しいもんだけどよ。自白があったから逮捕できたってわけさ」

自白は証拠の王様だ。裁判所も伝統的に重視している。自白さえあれば、他に申し訳程度の状況証拠しかなくても警察は容疑者を逮捕し、検察も起訴する事例が多い。

「あと、自白翌日に犯人の家にガサをかけて押収した間接証拠もある」

「どんなブツですか」

「自白通りにビニール袋が見つかったんだ。別に特別な代物じゃない。スーパーで肉とか魚を買った時に包む薄いやつがあるだろ？　犯人はあのビニールを切り取って指先に張って指紋を消し、介抱を装って泥酔した会社員から財布を抜き取っていたんだ。犯行時には、近づいても怪しまれないためにスーツを着ていたらしい」

面倒な方法は、百戦錬磨のプロらしい手口だと示しているが……。

「押収したのは、切り取った後のビニール袋ですか」

「バカ言うな。犯人が残しておくわけないだろ。これから使う予定だったもんだよ」

「他にも状況証拠はありますか」

「いや、なかった。監視カメラの映像もぼやけてたからな」

靴跡もビニール袋も、かなり貧弱な傍証だ。二〇二号法廷の窃盗事件において、罪の根拠は名取の自白だけと言っていい。

「取り調べは平田さんが一人で？」

「ああ」

ドラマなどの取り調べシーンでは刑事は二人一組だが、現実には一人で行う方が多い。

「とにかくよ」刑事は自分の手柄のごとく得意気に続けた。「捜査員は誰もそんな手口が頭にないから、闇雲に動くしかなかったんだ。そしたら、事件を知った平田さんが『やり口に心当たりがある』って担当でもないのに首を突っ込んできてよ。で、翌日にはもう犯人を引っ張ってきた。手口犯罪のデータにはなかったんだけどな」

県警には様々な手口犯罪のデータが蓄積されているが、電子化されたのはここ十五年の話だ。それ以前の資料は紙のまま倉庫に眠っている。だからこそベテランの経験がモノをいう。しかし。

「やり方が平田さんらしくないですよね」

平田は揺るぎない物証を集めて逮捕に至るのを信条としていた。それに自分が外野にいる事件なら、これまでは同僚に目星を告げて逮捕させていた。

「刑事なら誰だって退官間際に、もうひと花咲かせたいもんなんだよ。エゴ。平田さんもそう言ってたな。ほんと、あの人は刑事の鑑《かがみ》だよ。現にホシを挙げちまうんだ。おい、また平田さんの話を書けよ」

……書く。そのつもりでいるが、ここまでは美談に過ぎず、抜かれた失態を取り戻す原稿にはならない。沢村はいつの間にか刑事を睨むように見ていた。

「手口で目星をつけたのなら、前も平田さんが名取を挙げたんですか」

手口犯罪なら常習犯だ。常習犯は物証もないのに自白しない。教えてくれたのは、誰あろう平田だ。つまり、確実な物証を警察が手にしていないのに常習犯が自白したのなら、二人の間に深い関係性が窺われ、無罪判決の確度は限りなく低くなってしまう。

「二十年も前の話らしいけどな。逮捕歴はそれだけだ」

二十年前の窃盗事件なら、刑期終了から十年は経《た》っているはずだ。この場合、量刑上は初犯扱いされるのがほとんどで、初犯で今回の被害額なら罰金求刑になる例も多い。名取は懲役を求刑された。前科がよほど重く考慮された結果なのか。

「当時から名取は、そんな凝った手口を？」

「いいや。二十年前は強盗致傷だったから」

強盗致傷？　今回の求刑には納得がいくが、なにか違和感があった。

「じゃあ、平田さんはどうして名取が今回の窃盗犯だと見当をつけられたんでしょうか」

「さっき言った手口の男が、名取と同じムショに同時期にいたらしい。刑事の勘ってやつだな」

刑務所は犯罪者にとっては学校になる。手口の交換や技術の継承などが行われている実情は、警官なら誰でも知っている。が、たとえ平田の勘が鋭くとも、手口から今回の犯人が名取だと悟るのは厳しい。ありうるとすれば、平田が名取を今でも追っていたから、直ちに見当がついたという線だ。むろん、その現実味は薄い。強盗致傷が重罪だからといって、そんな人間を平田は何人も逮捕してきたはずだ。沢村のサツ回り時代だって、湊川市内だけで毎日十件近くの強盗致傷事件があった。それなのに名取だけを追う必然性はない。……いや。平田は自分が逮捕した容疑者のその後を常に気にしていた中でも、名取を特に追っていたとの見立ては一概に否定できない。

思考が大きく揺れていると、脳裏に二〇二号法廷を覗く白髪が浮かんだ。そうだ。大前提として伊勢の不可解な動きがある。無罪判決が出た翌日に、誰も気に留めない程度の公判に関心を寄せていたのはなぜだ。そこに平田の不自然な逮捕劇を足すと、どんな筋読みができるのか。

つぅっと背中を一筋の冷たい汗が流れた。

平田が最後の花道を飾ろうと無理矢理に自白させ、翻さないよう公判で重圧をかけた？

数秒考えた。一応の筋は通る。エゴ。平田もそう言っている。名取の自白は、平田が握る弱みとの引き換えだった。名取は出所後も犯罪に手を染めていた。それを知っていながらも平田は逮捕しなかった。それはこういう時に備えたから――。

しかし、あの平田が？　結局のところ、無理筋か。待て。

優先すべきは平田の『創罪』か否かの確認だ。『創罪』だとすれば、真犯人がいる。同じ手口の犯行が新たに発生すれば、名取が無実だと明らかになり、即座に発表される可能性も十分ある。時間がない。無理筋だろうが、追うだけだ。他に手持ちのネタはない。

「そうそう」刑事が楽しそうに続けた。「この事件だけじゃないぜ。名取のちょっと前に別件の窃盗事件の犯人も平田さんが挙げてな。電車内の酔っ払い専門のスリさ」

「それも平田さんが首を突っ込んできたんですか」

「いいや。鉄警と協力して、三ヵ月くらい平田さんが朝から晩まで追っていた男だ」

「その取り調べやら関連書類作成なんかで忙しい時期に、名取の件も手掛けたんですか」

「気づいた以上は無視できなかったんだろうな。見事な置き土産さ」

沢村は曖昧に頷《うなず》いた。礼を言って辞し、街灯もない細い路地を歩いた。どこからかテレビの笑い声が聞こえてくる。広めの市道に戻ると、路肩に止めていた車に乗り、投げ出すように体をシートに預けた。

今朝、報日新聞に抜かれたと知った時よりも全身が気怠《けだる》かった。取材でそれなりの事実を積み上げたというのに、昂揚感《こうようかん》は微塵《みじん》もない。嫌々務めてきたサツ回りと司法回りだが、これまではどんな無理筋でも独材になる気配があれば、追う際には体の奥底に熱が滾《たぎ》ったが……。当たり前の感覚か。これは恩人を踏み台にするための取材なのだ。

フロントガラスの向こうに広がる、住宅街の闇を見つめた。

確証がないまま尋ねても、平田は何も言わないだろう。どう攻めるか。頭には一人の名前がちらついているが、近づき方がわからない。とにかく、と己を鼓舞した。周辺情報だけは固めておくべきだろう。身を起こすと、エンジンをかけた。

沢村には回転音がいつもよりも弱々しく聞こえた。

3

……一分遅く来ていれば、見られなかった。最初の夜回り先から三十分ほど海岸沿いの国道を走り、鎌倉《かまくら》時代に建立された古刹《こさつ》に近い住宅街で、沢村が車から降りようとした矢先だった。十メートルほど離れた戸建てに男が消えた。その男は十分ほどで出てきた。夜の薄闇に浮かんだ白髪頭は間違いない。

伊勢だ。もう午後十時を過ぎている。やはり、何かある。

辺りでは夜でもアブラゼミが鳴いていた。戸建ての門扉脇に植えられた椿《つばき》の葉が風で揺れている。どたどたとドアの向こうで足音がした。伊勢が最寄り駅へと続く路地に姿を消すのを見届け、先ほど沢村はインターホンを押し、名乗っていた。ドアが忌々《いまいま》しげに開いた。

「何の用だ？」

保坂《ほさか》が訝《いぶか》しそうに眉を寄せる。半袖の白シャツに、黒のスラックス。家で寛《くつろ》いでいた服装ではない。

沢村がサツ回りの頃、保坂は県警本部捜査一課の管理官だったが、一年前から平田がいた所轄の署長となっている。保坂が主となってから、この署長官舎を訪れるのは初めてだ。優柔不断で人付き合いも悪く、署長人事の際、大物県議の地元を任せていいのかと心配の声が上がったとも後輩記者から聞いた。大物県議ともなれば、地元中に耳がある。署長の指揮能力が低いと、誰それが捜査された、との情報も吸い上げられかねない。その大物県議の弟こそ、いまや民自党総裁候補と目されている現厚生労働大臣だ。

「沢村、サツ回りに復帰したのかよ」

「いえ。もうすぐ支局を離れるので、その卒業原稿に平田さんを取り上げようかと。最後にご活躍だったようで」

「なんで、署に来ないいんだ？」

「他人の持ち場ですから」

「暑いな」保坂が親指をぞんざいに振った。「入れ」

沢村は後ろ手でドアを閉めると、上がり框《かまち》から保坂に見下ろされる形になった。エアコンがよくきいている。靴は保坂のものと思《おぼ》しき一足しか出ておらず、官舎内に他社の記者はいないと解していい。口にしても大丈夫だ。

「平田さんがとった自白と弱い傍証だけで、立件したそうですね」

保坂の頬が微《かす》かに動いた。動揺しているようだが、誤認逮捕、無罪判決という言葉はまだ出せない。

「他にもそんな例はある」

「平田さんは物証にこだわる方です」

「その平田が自白だけで十分と判断したんだ」

「自白だけ？　傍証については、保坂さんも弱いという意見なんですね」

「検察は食った」

保坂は自身の見解を述べていないが、沢村は質問を続けた。

「自白と弱い傍証だけで逮捕に踏み切ったのは、被告人にマエがあるからですか」

だとすると原稿にする際、かなり粗雑な捜査だったと示す補強材料になる。手口捜査では定石として、やり口が同じ前科者をまず洗う。しかし、前科者だからといって物証集めをなおざりにしていいはずがない。

「マエがあれば、心証は悪いな」

質問の返答になっていないが、官僚答弁をこのまま続ける腹だろう。直球をぶつけてやれ。

「名取の供述に曖昧な点はなかったのですか」

「俺は書類を読んだだけだ。穴がなければ、ハンコを押す」

微妙だった。作文の疑いがあるととれる一方、十分な内容だったともとれる。ただ作文だとしても、公判での名取の態度を見る限り、判決で事実認定が覆る公算はゼロに等しい。

「ところで、報日が朝刊で抜いた無罪判決ですが、県警でも責任問題が持ち上がりますよね」

「だろうな」

保坂は毛ほども表情を変えなかった。なぜ、こんなに堂々としていられるのか。いくら別の所轄署が扱った事件でも、他人事《ひとごと》ではないはずだ。名取の逮捕が平田の『創罪』による産物だとすれば、公になった時は保坂の責任問題にもなる。『創罪』ではないのか。それならどうして伊勢はこの場に来た？　もしや――。

人身御供《ひとみごくう》の口裏合わせ、か。

注意深く対処していく、という本上の次席レクでの一言もある。無罪判決に備えて伊勢が処理に動き出したんじゃないのか。だから誰にも見られないよう記者の夜回りも一段落ついた、こんな時間の訪問だったのでは？

無罪判決が出れば誰かが責任を取らねばならず、退官した平田は恰好《かっこう》の人柱になる。個人の失敗に落とし込めれば、地検も県警も最小限の傷ですみ、組織を守れる。もともと自分が撒《ま》いた種でもあるし、平田の性格なら、黙って受け入れるだろう。責任なら見抜けなかった所轄幹部にも地検にもあるのに、それが問われなくなる。

想像通りだとすると……。

優柔不断な保坂がこれほど大胆な絵を描けるわけがない。また、本上が明確に指示したとも思えない。もしも主導した隠蔽工作が表沙汰になれば、失墜は免れえないからだ。何とでも言い逃れできる本上の発言があり、その意を汲んだ伊勢が動き出したとみるべきだろう。次席の懐刀とはいえ、一介の地検職員が刑事事件に立ち入り、力ずくで真相を覆い隠そうとしているのか。

「沢村、もう帰れ。俺は疲れてんだ」

ほとんど追い払われる形で署長官舎を出ると、夜空には雲が垂れ込め、いまにも雨が落ちてきそうだった。沢村は蒸し暑い夜気を深く吸いこみ、一気に吐いた。このまま進めば、何かに行き着く手応えはある。平田の汚れた晩節を晒《さら》す羽目になるのかもしれない。

じくり、と腹の底が鈍く痛んだ。それは、嫌な痛みだった。

午後十一時、支局裏の駐車場に車を入れた。東洋新聞の湊川支局は繁華街の一角にある古い五階建て雑居ビルの二階に入っている。見上げると、支局以外の灯《あか》りは消えていた。

フロアに入ると、いつもより人が多かった。支局には現在十五人の記者が所属するが、普段は七、八人しか会社にいない。ああ、と沢村は見取った。珍しくすでに県警チームの三人も夜回りから戻っている。

沢村ァ、とデスク席から野太い声が飛んできた。

「後輩がへまの穴埋めしてくれたぞ」

沢村はそこかしこに散らばる、朝刊の大刷りを素早く手に取った。誤字脱字がないかなどを点検するための紙面大の印刷物だ。社会面アタマに大きな見出しで県警のネタが躍《おど》っている。

デスクが口元を緩め、せせら笑った。

「誰かさんじゃなくて、後輩が政治部に行きそうだな」

大刷りが音を立てて破れた。沢村は両手に思わず力を入れていた。

4

午前九時の開庁と同時に地裁総務課に出向き、沢村は昨日請求した名取の窃盗事件の起訴状などを受け取った。今日も地裁は落ち着いている。いや、出勤した職員が少ないため、むしろフロアは弛緩《しかん》している。

沢村は地裁駐車場に止めた車に戻り、書類を一読した。名取の自白をもとに作られていて、特に不自然な点も目新しい内容もない。書類を鞄《かばん》に入れて助手席に置き、名取の国選弁護人に連絡した。夏休み中だとの留守番電話の応答が返ってくるだけだった。自白案件とあってか、休日返上するほど深く取り組む気がないと察せられる。

もう一件、電話を入れる。代表番号からもたもたと内線に回された。

「承知しました。どうぞお越しください」

相手はすんなりと承諾した。

車から出ると、沢村は周囲を注意深く窺った。アスファルト上の空気が朝から猛烈な太陽熱で揺らめいているだけで、地裁の記者専用駐車スペースに他社の車はない。注目公判もなく、来週の次席レクまで記者室には誰もこないだろうが、油断は禁物だ。検事が地検と地裁の行き来に使う、両建物を結ぶ専用小路にも誰もいない。……よし。沢村は素早く小路を抜けた。

薄暗い地検の入り口で、伊勢がぽつねんと待っていた。

地検内はいつにもまして静かだった。今日から夏休みをとった職員も多いのだろう。伊勢の先導で五階の応接室に入った。

「どのあたりに落としたか、見当はつきますか」

「いえ」と沢村は軽く首を傾《かし》げた。

――昨日のレクで祖父の形見のペンを落としたようなので探しに行きたい。

先ほど電話で告げていた。もちろん、嘘《うそ》だ。伊勢が出勤しているのか否かを確かめたかった。これで今日の夕方にすべき行動が定まった。

しばらく広い応接室の壁際などで探すふりをした。伊勢は、次席が座る黒革の椅子の下などに視線を飛ばしてくれている。頃合いをみて、しおらしく声をかけた。

「すいません、ここではなかったようです」

「そうですか」

「次席はお見えですか」

「いいえ。県外に出られていますので」

昨日の個別取材での言葉通りだった。通常、連続無罪判決の恐れがあれば、本上は湊川を離れまい。今回はすでに手を打ったので、予定通り県外に出たのではないのか。

「皆さん、夏休みをとっているようですが、伊勢さんは？」

「私は来週の水曜からです」

待ち遠しさの欠片《かけら》もない口ぶりだ。何にせよ、伊勢の休暇は二〇二号法廷の件で判決が出た後になる。……当ててみるか。直接聞く機会はもうないだろう。ここで抜き返せなければ、どうせ政治部の目は消える。伊勢が本上に告げ口をして今後の取材に支障が出ようが構うもんか。

「二〇二号法廷の件、何が気になるのですか」

「いえ、特に」

伊勢の表情は微動だにしない。

しかし、と沢村は食い下がった。「ありふれた事件です。わざわざ伊勢さんが覗き込むほどの案件ではないのでは」

「沢村さん、そろそろ」

にべもなかった。目の前にいる伊勢が、かなり離れた場所に立っている気がした。


沢村は車でオフィスビルや飲食店が並ぶ繁華街を抜けた。湊川山系を貫くトンネルを過ぎると北区の住宅街に入り、二十分ほど走って、目的地近くで車を止めた。

歩き出すや否や額や背中を汗が流れだし、シャツが肌に張りついた。間もなく午前十一時。なるべく日陰を選び、建売の戸建てや新築マンションの間を進んでいく。隅に空き缶や煙草が投げ捨てられた細い路地に入ると、目的の建物が見えた。

お世辞にも綺麗《きれい》とは言えない二階建てのアパートだった。敷地と路地を隔てるフェンスに貼られた看板に大家の連絡先が書かれている。電話をすると、一階奥のドアが開いた。出てきた初老の女が大家だった。

沢村が名取について尋ねると、大家は口元を歪《ゆが》めた。

「名取さん、一年半も家賃を滞納してんですよ。私だって気が進まないけど、逮捕の一週間後を退去期限にしていたんです」

釈放されても、住む場所すらないわけか。

「仕事をしていた様子は？」

「ああ、土日もなく外出してましたけどね。稼いでも、どうせ酒か博打《ばくち》に使ったんでしょ。年金も国民健保もずっと未納みたいだし、たった三万円の家賃も払えないくらいですから。刑務所に行っちまったら、荷物はどうすりゃいいんだろうねえ」

喉の奥で唸《うな》った。平田の『創罪』による無罪事件だとウラが取れても、本筋部分しか書けないのでは記事の行数が稼げないし、内容も硬すぎる。社会面で、せいぜい三段見出しだ。報日に社会面アタマで抜かれた以上、社会面アタマでやり返さないと、挽回にはならない。それには読者が身近に感じられる要素がいる。防犯カメラ偏重の捜査といった、誰もが我が身に置き換えて読める特徴が事件にない以上、名取に強い同情を寄せられる逸話で補強するしかないが……。

「どんな方でしたか」

「さあ。挨拶くらいはしたけどねえ」

付き合いがない時の、お決まりの言葉だ。

「あ、記者さん、ちょっと待ってて」

大家は一旦部屋に戻り、数分後、スーパーの名前が印刷された半透明のビニール袋を持って出てきた。

「これ引きとってくれないかね。もちろん、お金はいらないからさ」

ビニール袋を見ると、オイルライターと万年筆が入っていた。どちらも細かな傷があり、長年使用された風合いが味になっている。

「金がないからって、名取さんが置いていったんだ。うちは質屋じゃないってのに。犯罪者の持ち物なんていらないよ」

記者をやっていると、こういう場面はたまにある。素直に受け取った。

その後、近所の住民にも名取について尋ねてみたが、何も情報は得られなかった。

沢村は車中から昨晩平田のことを聞いた刑事に電話を入れた。名取が財布を奪った会社員を見つけ出すためだ。県警の広報文には被害者の名前や住所までは書かれていない。

「お前、なんでそんな情報を知りたいんだよ」

「被害者の感謝の言葉を原稿に入れれば、平田さんの手柄が一層引き立つので」

沢村は視線をハンドルに止めていた。

「なるほどな。すぐに調べて折り返してやる」

五分後に伝えられた住所はこの北区から一時間以上はかかる、市東部にある海浜区《かいひん》内だった。早速出発した。

支局や地検のある中央区に一度戻り、国道を東へと進む。途中で市営動物園や遊園地に向かう渋滞にはまり、結局、海浜区まで二時間半もかかった。その上、被害者の会社員男性は旅行中で不在だった。一度顔を合わせて携帯番号を聞いておけば、判決後にコメントを簡単に取れる算段がついたが、仕方がない。帰路、また渋滞に巻き込まれた。

午後四時過ぎ、沢村は夕刊各紙を読もうと地裁記者室のドアを開けた。つい先ほど、ようやく中央区に戻ってこられた。支局に顔を出す気はなかったし、出す必要もない。

記者室の中央、共有スペースに並べられたソファーで報日新聞の男性記者がごろりと寝ていた。年次は沢村の一年下になる。他に記者はいない。物音ひとつない記者室で夜回り前の昼寝と決め込んだのか。いや、夜回りといっても肝心の次席は県外だ。防犯カメラの無罪判決は、この男が抜いた。ひょっとして、地検にネタ元がいるのか？　だとすれば、伊勢の不審な動きもキャッチしているんじゃ……。にわかに沢村は焦りが込み上げてきた。

報日新聞の記者が薄目を開けた。

「あれ？　沢村さん、お疲れ様です。何かありましたっけ」

「それはこっちのセリフだよ」

「泊まり明けで、寝に来ただけですよ。支局だと電話がうるさくて寝られないんで」

確かに記者の髪は徹夜明けの脂っぽさがあり、目も腫《は》れぼったい。だが、それが真実を話している証明にはならない。

「車はどうしたんだ？」

「タクシーで来ました。眠すぎて運転どころじゃなくて。で、沢村さんは？」

「ブースに携帯の充電器を忘れてな、取りに来たんだ」

へえ、と気のない返事がきた。記者同士で話すと、こうした腹の探り合いになってしまう。

沢村はブースに入り、カーテンを閉めると机上のボールペンを手に取って鞄に入れた。アイツが何かを狙ってここにいるとしても、放っておくしかない。

共有スペースに戻ると、報日の記者はまた心地良さそうに眠っていた。沢村は夕刊各紙をざっと読み、記者室を後にした。

地裁駐車場から車を出して建物をぐるりと回り、隣に建つ地検の裏口が見える位置に止めた。午後五時を過ぎると、地検の出入りは裏口が使われている。ここは、その出入りを見るのに恰好の場所だ。幅広の市道に路上駐車している車も多く、目立たない。エンジンを切り、窓を五センチほど開ける。むっとした熱気が流れ込んできた。

伊勢が庁舎から出てきたのは午後七時を過ぎた頃だった。沢村は窓を閉めると一呼吸おいてから車を出て、音をほとんど立てずにドアを閉じた。

――相手の頭は絶対に見るなよ。人間は背後からでも頭を見られると気づくんだ。平田から聞いた尾行のコツを念頭に置き、伊勢が持つ革の鞄に視線を据えた。平田は自分を記者としても育ててくれたのだ。

市道を渡り、地検に近い神社を抜け、市営地下鉄の駅に入った。沢村もICカードをかざして続く。伊勢がやっているのは裏工作なのだ。昼間に堂々と動き回るわけがない。退庁後の伊勢を追ううちに平田の『創罪』に通じる何かを、伊勢の動きの訳を摑めるはずだ。伊勢は今回の件、まさしくシロヌシ――Sとして地検と県警を結ぶ要だと推定できるのだから。

伊勢が入った車両の隣に乗り、西へと向かう。車内は夏休み期間中とあってか、勤め帰りの姿が少なかった。窓には疲れが滲《にじ》んだ自分の顔が映っている。

七駅目で伊勢が降りた。この辺りに住んでいるのだろうか。地検職員名簿などなく、電話帳で調べても伊勢の名は出ていなかったので住所は知らない。あるいは……。ここから歩いて二十分ほどで保坂の署長官舎に着く。やや遠いが、この駅が最寄り駅だ。本上から何らかの指示があり、平田の件でより細かな話を詰めるためとの見方もできる。

伊勢の歩みは人の流れに乗る程度で、速くも遅くもない。改札を抜けて地上に出ると、いくつかのバス停が並んでいた。バスに乗るとなれば厄介だ。必ず顔を見られてしまう。

急に伊勢が歩みを速めた。……気づかれたのか？　沢村は不安になりながらも足を動かした。だらだらと歩く学生や会社員の背中をかわし、追っていく。

伊勢が客待ちのタクシーに乗りこんだ。追いたくても次のタクシーはない。伊勢の乗ったタクシーが住宅街へと消えていき、沢村は慌てて駆け出した。駅前の小さな商店街を抜け、住宅街に入る。息が上がり、足がもつれ、全身から汗が止めどなく噴き出てくる。

保坂の官舎が見える路地に出ると、膝に手をつき、肩で息をした。官舎は雨戸が閉め切られている。あの中に伊勢と保坂がいるのか？

そのまま午前零時まで待ったが、人の出入りはなかった。沢村は星の少ない夜空を仰ぎ見た。

もう終電もない。タクシーを拾うためにとぼとぼと国道へ歩き出すと、潮風が正面から吹きつけてきた。

5

地上に出ると、肌が痛いほど強い陽射《ひざ》しだった。午前八時半を過ぎている。午前六時から昨晩降りた地下鉄改札前で待ち構えていたが、伊勢は姿を見せなかった。検事はたいてい午前八時に登庁するため、職員は七時半までに出勤している。もう張り込んでいる意味はない。喫茶店で三十分ほど時間を潰し、沢村は路上で地検総務課に電話を入れた。

「そうですか、形見のペンが見つかって何よりです。わざわざ電話をすみません」

伊勢は今日も抑揚のない口調だった。

「いえ、昨日はお騒がせしたので、連絡だけでもしておこうかと」

沢村は通話を切るなり、くそ、と舌打ちした。伊勢はこの駅を通勤に利用していない。では、昨日は何のために降りた？　夜通し保坂の署長官舎を張っていた方が良かったのか。

悔しさを腹の底に封じ、コインパーキングに止めた車内で、二十年前に名取が起こした強盗致傷のベタ記事を読み返した。昨晩支局に戻って印刷したものだ。当時の記事には被害者の名前と町名までの住所も書かれている。ＮＴＴの電話番号案内で詳しい住所を聞き出した。

車で南へ十分ほど下り、住宅地を抜けると、正面に海が見えた。晩夏の陽射しを受けた海は銀色に揺れ、遠くにタンカーの船影も見える。真っ青な空には大きな入道雲が浮かんでいた。海沿いの国道をさらに十五分走り、右手に折れると、やがて畑の多い一帯に入った。

古くて大きな日本家屋だった。吉野《よしの》という表札を確認する。門を抜けてインターホンを押すと、五十代半ばくらいの男が出てきた。沢村が用件を伝えると、男は首を捻《ひね》った。

「今さら二十年前の話を記者さんが？」

「似た事件が相次いでいるので、警鐘記事が書けないかと」

畳敷きの客間に通され、冷たい麦茶が出された。部屋には日本人形や掛け軸が飾られ、開け放たれた掃き出し窓からは風にのって土と草の匂いが入ってくる。当時の被害者は十二年前に亡くなっており、対座する男はその息子だった。農業に従事しているという。顔に刻まれた深い皺や節くれ立った指が、長い時間実直に働いてきた様子を物語っている。

事件は二十年前にこの近くで起きた。連帯保証人となった友人の会社が倒産し、借金取りに追い立てられていた名取は、市内の銀行から出たばかりの吉野明子《あきこ》の後をつけ、六十万円の入った鞄をひったくって逃走した。その際、吉野明子は倒れて頭を強く打ち、重傷を負った。名取は懲役十年の判決を受けている。

「事件後、謝罪の手紙などは届きましたか」

「いいえ。手紙はありません。あの時の犯人、いま何をしてんでしょうね」

無駄足だったか。謝罪の手紙すらもない以上、ここで名取の性格やエピソードを引き出すのは難しい。時間もない。頃合いを見て適当に切り上げよう。

「いま、当時の犯人である、名取氏にどんな感情を抱かれていますか」

吉野は遠くを見やる目つきになった。

「あの事件後、母は何でもない物音ひとつにも怯《おび》えるようになりました。明るく朗らかだった性格は見る影もなくなり、外出を怖がり、ほとんど家に閉じこもる生活になって……。もう二十年も前の出来事ですが、そんな風に母を変えてしまった犯人が憎いです」

頷いた。話を終わらせようとした時、記者さん、と吉野が先に言った。

「だけど、あの時の犯人も被害者といえば被害者なんです。本来なら、犯罪に手を出す悪人じゃない。今はそう感じています」

思いがけない言葉だった。

「それはどうしてですか？　何かきっかけでも？」

「少々、お待ち下さい」

吉野が客間をいそいそと出ていった。遠く近くでセミが競い合って鳴いている。誰が何をしていようと、自然は短い夏の盛りなのだ。では来年の夏、自分は一体何の取材をしているのか。沢村は束の間思いを馳《は》せた。

五分ほどして、手に小さな段ボール箱を抱えた吉野が戻ってきた。テーブルに置かれた箱には、かなりの数の封筒が入っている。

「どうぞ、封筒の中身をご覧になって下さい」

沢村は一通を手にして、封入物を取り出した。それは一枚の五千円札だった。皺だらけで、端が土で微妙に汚れてもいる。

「どの封筒にも五千円札が入っています。全部で百十九通になります」

封筒には差出人は書かれていない。ただ吉野宅の住所が記されているだけだ。

「突然、送られてきたんです。最初の一通が来たのは、もう十年前になります。それから毎月、事件があった二十六日あたりに届くんです」

「それはひょっとして」

「わかりません。いつも消印が違っていたので。同じなら、その管轄の郵便局に問い合わせてみましたが。でも、私も記者さんの頭にある方が送付してきているんだと思います」

「他に心当たりは？」

「いいえ、全然ありません」

吉野は段ボール箱に入った封筒に視線をやり、こちらに戻してきた。

「今月分でちょうど六十万円になります。事件の時に母が所持していた金額です。次こそ手紙が同封されているだろうと期待しています。いや、そう願っています」

家賃を一年半も滞納する名取は、生活に苦しんでいたはずだ。それなのに、被害者宅に毎月五千円を送っていた……。このエピソードは原稿に使える。

名取は日雇いの現場作業員だ。大家は毎日出かけていたというが、仕事にありつけない日もあっただろう。皺と土の汚れがついた五千円札一枚というのが、一度に渡したくても、まとまった金を作れない経済状況を示唆している。これで強盗致傷の過去が消えるわけではないが、吉野の言う通り根が悪人ではないと解釈できるし、送金には贖罪《しょくざい》の意図が読み取れる。

強めの風が吹き抜け、チリンと風鈴が甲高く鳴った。

でも、と吉野が力なく首を振った。「今年の六月分だけは消印がありませんでした。多分、直接ここに持ってきたんです。それも夜遅くに」

「そういうケースは初めてだったのですか」

「ええ」

名取はどんな心境で吉野宅に来たのだろうか。想像しかけた時、沢村はハッとし、反射的に腰を浮かしそうになるのを堪《こら》えた。

六月二十六日の夜――。

「夜遅くというと、何時頃に持参してきたのかがわかっているんですか」

「だいたいは。私が見つけたのは午後十一時半過ぎでした。農協の会合から帰ってきた時、郵便受けを開けたら封筒が入っていたんです。その少し前だろうと」

「少し前だと言える根拠があるんですか」

「息子が塾から午後十一時ごろに帰宅した時に郵便受けを開けていたんですが、その際にはなかったと言っていましたので」

カァッと全身が今にも火を噴き出さんばかりに熱くなった。沢村は冷たい麦茶を喉に投げ入れるように飲んだ。

県警の広報文にあった名取が逮捕された窃盗事件の発生日時は、二十六日の午後十一時過ぎだった。現場は市の中心街だ。ここから電車でも片道四十分はかかり、車ならもっと時間を要する。封筒を吉野宅に入れたのが名取ならば、発生時刻に現場にいるのは不可能だ。封筒を届けたのが名取以外の誰かとも考えにくい。

やはり、名取は犯人ではない。平田は窃盗事件当日における名取の行動を洗わなかったのだろうか。あるいは洗っても判然とせず、問い質《ただ》したのに、名取が言わなかったのか。どちらにしても、名取には公にする意思がない。あれば、とっくに公判で発言している。

「この件は誰かに？」

「いえ」

使える――。

「その封筒、中身ごとお借りできませんか」

口中に錆臭《さびくさ》さがじわっと広がった。


午後二時過ぎ、支局に戻った。出番の記者は少なく、フロアは倦怠感《けんたいかん》で満ちていた。いつもは四六時中鳴り続ける電話も沈黙し、デスクは高校野球中継を見ながら、出前の冷やし中華を物憂げに食っている。一方、予定稿を書く沢村の神経は尖っていた。

まだ定かではない名取の窃盗事件の判決内容や平田の『創罪』の動機などは黒丸で埋めつつ、起訴状などをもとに原稿を粛々と作っていく。核は、有罪となった名取が実は自白偏重の捜査で誤認逮捕された無実の人間であり、前代未聞の連続無罪判決を湊川地検が起こした点だ。味付けは名取の送金エピソードになる。伊勢の存在については触れられない。伊勢が裏工作の要となっているとは思うが、関与しているという言質《げんち》も証拠もない。

皮肉だな、と沢村は心底思った。この原稿が恩人を潰すのだ。キーボードを叩《たた》くたび、己の一部を削っていく気がする。それなのに、司法記者としては初めて読者の心に届く記事になる手応えがある。

午後四時半、沢村はノートパソコンをぱたりと閉じた。堪《たま》らない気持ちだった。支局を出ると、馴染みの道を車で飛ばした。記者一年目からよく食べたハヤシライスの味が舌に蘇《よみがえ》っている。平田から教えてもらった洋食店だった。

――記者も警官と同じで食事に時間をかけられないけど、栄養が必要だろ。

そういう人だった。

一時間ほどで市の最西部に位置する西区《にし》に入り、平田の自宅に到着した。海に近く、江戸中期の姿を復元した城が建つ城址《じょうし》公園にも近い住宅街にある、二階建ての一軒家だ。付近は静かだった。平田宅には、ひと気もない。奥さんと買い物にでも行ったのだろうか。

行き交う人々を見つつ、時折、首筋や額の汗をハンカチで拭き、沢村は待った。日が暮れた。風には秋の匂いが混ざり、先ほどからヒグラシが鳴き始めている。誰もいない戸建てにじっと視線を置き続ける。

平田宅の居間は、冬にはコタツになるテーブルが中央にあり、この街が生んだ作家が戯れに描いた水墨画が飾られていた。隣の部屋では、奥さんがどこか楽しそうに大量のシャツにアイロンをかけていた。座布団に丸まる猫は、いつも沢村を見ると出ていった。猫好きなのに必ず逃げられるとぼやくと、平田は言った。

――殺気があんだよ、お前には。それだけ仕事に真剣なのさ。

今も殺気を発しているのだろうか。有罪判決ならば、この手で平田に引導を渡す具合になる。県警と地検が平田の『創罪』を知らぬふりしようとも、こちらには判決を覆す証言と物証がある。けれど、大家にもらった万年筆と封筒の指紋との比較を民間鑑定機関に依頼するには至らないはずだ。物証を握っていると伝えれば、平田なら観念する。

誰も帰宅しないまま、午前零時を過ぎた。夫婦そろって泊まりがけで出かけたのか。沢村は、平田の言い分を入れる予定稿の黒丸部分を思った。動機や感想についてのコメントは判決公判後に取ればいい。それなのになぜここにいるのか。この期《ご》に及んでも俺はまだ……。

淋《さび》しそうで、切なげな猫の鳴き声が遠くから聞こえた。

6

二〇二号法廷の傍聴席は、今日も二人だけだった。沢村は後列右隅に、平田は前列中央に座っている。沢村の視界には、平田の厳しい横顔も入っている。他社はいない。結局、あの報日の記者も今日から夏休みだ。

吉野の証言と物証を得てから長い四日間だった。連日退庁後の伊勢をつけ、いずれも市内各地の異なる駅で降りた。尾行には自信があったが、いつも撒かれてしまった。昨日だけは最初から保坂の官舎を張り、伊勢が訪れたのを現認できたが、その行動の意図は摑めないままだ。それでも、今日で真相の一端が明らかになる。

法廷内には判決公判独特の硬さがあった。どんな些細《ささい》な事案でも判決の緊張感は変わらない。

「主文、被告人を懲役七ヵ月に処す」

裁判官がいかめしく言い渡した。平田は唇を一文字にし、名取の背中を注視している。続いて量刑理由を述べ終えた裁判官が閉廷を宣言し、名取の両脇に刑務官が立った。

おもむろに名取が傍聴席側に顔を向けた。一週間前より頬がこけ、体も縮んだ印象があるが、やけに柔らかな目だった。その視線を受け止めた平田から、険しさが抜けた。ゆるやかに平田が頷きかけると、名取は笑みを浮かべて目礼を返した。

陥れられたのに、なぜ……。沢村は唇を引き結んだ。名取の心模様はいい。記事にするだけだ。

その時、退廷しようとした名取がふらつき、慌てて刑務官が脇から支えた。僅かに腰をあげたものの、平田は立たなかった。名取が覚束《おぼつか》ない足取りで退廷していく。名取の姿が被告人用ドアの向こうに消えてもなお、平田はそこに目をやり続けている。沢村は中腰になり、声をかけた。

「平田さん、三十分ほどお時間を下さい」

「ああ」と吹っ切れた気配の声が返ってきた。

二〇二号法廷を出ると人影が沢村の視界の端で動いた。階段へと向かう伊勢の後ろ姿だった。法廷の後部扉にある小窓から判決を確認したのだろう。予定外の判決が出ると、検事は判決理由を慌ただしく書き留めるが、それがなかった。このまま『創罪』を見過ごすつもりなのだ。

地裁内では他の記者に見られるリスクもあり、近くの喫茶店に行くことにした。他社の記者が滅多に来ない、歴代の東洋新聞司法記者が利用してきた店だ。

強い陽射しの下、二人とも無言で歩いた。沢村には歩いている感覚がなかった。体が自分のものではないようで、景色も目に入ってこない。

店に入っても無言が続き、注文した二人分のアイスコーヒーが来た。……ままよ。

「判決、どう思われますか」

ふう、と平田が鼻から深い息を吐いた。

「良かった。それだけだ」

「犯人をでっち上げたのに、ですか」

平田の眼差しは穏やかなのに揺るぎなかった。腰も据わっている。その自然体に気圧《けお》されそうになり、沢村は負けじと見返した。数秒後、平田は力みもなく言った。

「ああ。俺はでっち上げた」

視界が一瞬ぐにゃりと歪んだ。とっくにわかっていたのに、『あの平田が』という衝撃が頭の芯を大きく揺さぶっている。膝頭を強く摑んで脳内の揺れを強引に抑え込む。

突き止めた者の義務として、このまま聞かねばならない。

「なぜですか」

「他人事じゃなくてな」

他人事じゃない？　何がだ？　沢村は平田を直視していた。その姿に引っかかりがあった。そうか。今日も白シャツが皺だらけで張りがない。今日も――。

ひと気のない平田宅が脳裏を掠《かす》めるや、楽しげにアイロンをかける奥さんの姿がありありと目に浮かんだ。前回、地裁で平田に会った時はアイロンがけの習慣が途切れただけかと……。

がばっと沢村は身を乗り出した。

「奥さん、お体が悪いんですか」

「あと三ヵ月らしい。俺もよく入院先に泊まっている」

――お腹《なか》がすいたら、いつでもウチにおいで。

きんぴらや煮魚などの手料理を機嫌よく振る舞ってくれた奥さんの優しい言葉が、耳の奥で鮮明に蘇った。重い膝蹴りを食らった時にも似た疼《うず》きを腹に抱えつつ、では、と沢村は口を開いた。

「名取も？」

「三ヵ月前に連絡がきた時、余命三ヵ月って話だったから、もう立っているのがやっとだろうに公判ではしゃんとしていた。大した奴《やつ》だよ」

沢村の中で情報の断片が繋がっていく。第一回公判で名取を病人のようだと感じたが、その通りだったのだ。だから、退廷時にふらついていた。加えて、名取からの連絡があったのは三ヵ月前だという。平田が鉄道警察隊と別の窃盗犯を昼夜なく追いかけ始めた時期と重なる。

「名取さんとほぼ同時期に逮捕した電車内で泥酔客を狙う常習スリ犯が、先ほどの法廷で判決が出た窃盗事件のホンボシですか」

「ああ」

「でも、そいつが自白しないとも限りません」

「奴は、いくら叩かれても余罪は一切言わない。そういう男だ」

そうだった。常習犯は物証がなければ、自白しない。

「すべては名取さんのためだったんですね」

店にかかるBGMが耳元から引いていく。沢村は、己の聴覚が平田の言葉だけを捉えようとしているのを認識した。

名取はな、と平田が厳かに語り出した。

「根は悪い奴じゃねえ。模範囚で早く出所したが、判決の十年を待ち、奪った六十万円を返し始めたんだ。その相談は逮捕直後から受けていた。金を借りて一度に払うよりも稼いだ金をコツコツ払い続けろ、俺はそう助言し、名取も実行してきた。犯行に及んだ二十六日に届くようにな。被害者は亡くなっていたから、遺族にだったが」

やるせなさそうに平田は首を振る。

「だけど、余命三ヵ月でもう体が持たない、金は渡すから残りを代わりに払ってほしいと連絡してきたんだ。実際、名取は弱っていた。六月は郵送すらできず、なのに被害者宅に届けにいくというので、車で連れていったんだ」

平田はしばし目を伏せ、また沢村を見た。

「病院に担ぎ込むにも名取に金はない。俺もカアちゃんの治療費で余裕はない。住む場所の問題もある。うちに住まわせてもいいが、緊急時は救急車を呼ぶにせよ、その後の金や面倒は誰がみる？　周りに人の目があり、異常があれば金がなくても治療が受けられる施設。そんな場所、俺には留置場と刑務所しか思いつかなかった。カムフラージュにうってつけの犯罪も転がってたしな。天の配剤だと感謝したよ」

――刑事ってのはそいつの親代わりなんだ、最後まで世話してやんねえと。

お見事だ。是非はどうあれ、平田はかつての言葉通り、自身が抱いた刑事の信念を最後まで曲げなかった。誰もができる幕引きじゃない。これまで逮捕した者の人間性や手口を知り尽くしているからこそ、可能な『創罪』だったのだ。

「先月の五千円は俺が投函した。今月も俺がする。名取が大事に残していた金だ。それくらいの代役は構わないだろう」

しみじみとした口ぶりだった。退廷前の平田の頷きかけと名取の笑みの意味か。あの時、今生の別れも交わしていたのだろう。

平田は大きく肩を上下させ、深々と呼吸をした。

「ちゃんと心を持って生きる奴は報《むく》われるべきなんだ。そんな奴の命なら、ほんの短い間くらい税金で助けたっていいと俺は思う」

心を持って生きる――。しかし。

「税金の話はそれでいいとしても、いくら人命のためとはいえ、罪を創っていいのでしょうか。ましてや法で人の罪を問う側である地検の職員までが与《くみ》しているなら、大問題ですよ。伊勢さんについてです」

返答如何《いかん》で、伊勢の関わりも記事に盛り込める。地検の幹部職員が『創罪』に加担していた言質がとれれば、センセーショナルさはいやが上にも増す。

「沢村」平田の表情が引き締まった。「法律ってのは何だ?」

「社会を維持するための道具でしょう」

「だよな。その道具ってのは、何だって真っ当に使うのが大事なんだよ。社会ってのは人の集まりだ。なら、法律は人のためにある道具なんじゃねえのか」

たちまち平田の眼力が増した。

「道具なんて使い方次第だ。工夫して使えば、にっちもさっちもいかない奴を助けられる場合もあるし、普通に使ってるのに人を傷つけたり、悪用されたりもする。だから現場の人間は、常に道具の存在意義に沿った使い方が求められるんだよ」

「だからって逸脱していい理由にはなりません。第一、今回の件が真っ当に法を扱ったと言えるんですか」

「お前はどう思ってんだよ」

「質問したのは私です」

互いに視線を逸《そ》らさなかった。沢村はまじろぎもしなかった。……ここが俺にとっては人生の勝負所だ。ここで己が今後どんな人間になるのか決まる。

無言がしばらく続き、沢村が再度尋ねようとした時だった。

「こいつは沢村自身で考えるんだな」平田はかってなく鋭い口ぶりだった。「たとえ記者の職分ってのが他人に何かを聞くことだろうと、本当に大事な問題ってのは、他人に答えを求めるもんじゃねえ。頭を他人に預けるな。法律を真っ当に扱うってのがどういう道理なのか、自分の頭、経験、言葉で導き出せよ」

沢村は絶句した。まさに痛言だった。一言も切り返せない。法の範囲内で適切に使用すべき。そんな政治家の答弁めいた具体性のない物言いはできる。悪用はむろん、四角四面の運用でもないのもわかるが……。司法記者を二年も務めているのに明確な答えを持っていない。考えた憶えすらもない。突き詰めれば、正義とは何かという問いになる気もする。

ふっ、と平田の顔が緩んだ。

「お前が俺の振る舞いを真っ当じゃないと結論づけて記事にすんなら、それでいいんだ」

沢村はゆっくりと目を閉じ、両拳を固くした。ここで記事にしなければ、確実に政治部への異動はなくなる。この六年、希望し続けた将来は消える。平田を踏み台にすれば手が届くのだ。両拳は太腿《ふともも》の上で震えている。そのまま数秒いた。昨晩書き上げた予定稿の文字が目蓋の裏に連なっていく。そこに、名取が笑みを浮かべて平田に目礼した法廷での光景が浮かんだ。

拳を緩めた。目を開くと、柔和な表情の平田がいた。アイスコーヒーの氷が崩れ、カランと鳴る。

沢村は言葉を咽喉《のど》から押し出した。

「平田さん、今の俺には書けません」

……甘い判断だと重々承知している。しかるべきネタを摑んだら、どんな事情があろうと記事にするのが記者の務め。だが、たとえあるべき記者の本分から逸れても、俺には書けない。これが今の自分にできる精一杯の正義――。

平田は法を逸脱した。それでも人間としてはどうだ？　平田は独自の正義を貫き、心を持って生きた。一方の自分は、法を真っ当に扱うとは何なのかも説明できないでいる。平田の主張をねじ伏せて、政治部の路を選べる信念がまだ構築されていないのだ。それなのに、記者の本分に寄り掛かり、理屈や常識をこねくり回して平田を断じても、口先だけの恥知らずになるだけではないか。この煮え切らぬ感情を抱えて政治部に異動しても、後ろめたさで取材が曇ってしまう。それは読者への背信行為だ。記者として読者を裏切れない。

「本当に特ダネ一本ふいにしていいのか」

「ええ」自分でも驚くほど深い声だった。「決めたんです」

平田は、沢村の返事を嚙み締めるように小さく二度頷いた。

「そうかい」

「俺の異動前に、飲みに行きましょう」

「ああ、必ずな。政治部なんだろ？　今から楽しみでな。沢村なら、人間味ある政治記事を読ませてくれそうだからさ」

一瞬、言葉に窮した。下した決断に間違いはないとの思いもろとも腹に力を込める。

「政治部への異動は叶《かな》わなそうです」

7

「結局、抜けなかったのかよ。期限切れだな、諦めろ。政治部なんて、ハナからお前には分不相応だったんだ」

支局長は冷ややかに言った。

沢村はフロア奥の支局長室から自席に戻り、椅子の背もたれに脱力した体を預けた。決断は正しいと納得しているのに、身も心もがらんどうだ。午後十一時、最終版の締切まであと二時間。漫然と政治部への道が断たれる瞬間を待つしかない。

デスクと支局員が間延びした笑い声をあげている。沢村はそれをぼんやりと聞き、半ば機械的にノートパソコンを開くと、連続無罪判決の予定稿を消去した。データは呆気《あっけ》ないほど簡単に消えた。この六年間と同じだった。

その時、机上の携帯が震えた。見慣れない番号。

惰性で腕を伸ばし、耳にあてる。もしもしと言う間もなく、向こうがいきなり話し出した。

「いま、県警による石毛《いしげ》基弘《もとひろ》県議への逮捕状が下りました」

この声は――。

「伊勢さん、なぜ私に？」

「あれ、その声は東洋の沢村さんですか。かける相手を間違ったようです」

このタイミングで？　石毛は、長年に亘って君臨する県議会のドンだ。その弟は現厚生労働大臣で、民自党の次期総裁候補。そんな中央政界ともパイプの太い大物の逮捕状ネタは、社会面アタマはおろか、記事が夏枯れのこの時期なら一面も狙える。

県警チームがこのネタの端緒すら摑んでいないのは明らかだ。キャップとサブキャップは夏休みで、唯一出番のサツ回り記者も今、支局でテレビを見て呑気《のんき》に笑っている。

そういえば、次席の本上が先週の個別応対で色々と忙しいと言っていた。あれは県警と極秘裏に調整を重ねている動きの示唆だったのか。次席が県外へ出たのも夏休みの旅行などではない。石毛逮捕の余波が現厚生労働大臣に及ぶのを見越した、東京地検との打ち合わせ――。

あの伊勢の保坂訪問も平田とは無関係だったのだ。石毛は保坂の所轄管内選出の県議。石毛ほどの大物なら県警本部だけでなく、所轄も合同捜査本部に入り、極秘で細かな調整も要する。動揺に見えた保坂の表情は、石毛に触れない取材への安堵《あんど》を殺す仕草で、無罪判決の責任問題を尋ねても堂々としていたのは、単に平田の『創罪』を見抜けなかったからに過ぎない。

「すみません、沢村さんはこれから急いで原稿を書いたり、次席に電話を突っ込んだりしなきゃいけないのに。では、失礼します」

ぷつりと通話が切れた。原稿にすべく、本上に電話しろと言っているのか？　本上の連絡先を聞き出しているのを、伊勢に把握されていても不思議ではないが……。そもそも、なぜ電話がかかってきた？　伊勢がこの携帯番号を知っているはずがない。親しいわけでも、接点を持っているわけでもない。

接点……。

沢村は目を見開いた。一週間前の、伊勢と平田が地裁で話す姿がある。

平田だ。平田が伊勢に伝えたのだ。以前、平田には政治部に進むにはどんな結果が必要かを話している。喫茶店で相対した際に、『沢村は政治部異動を賭け、敗北を挽回すべく取材している』と察し、記事にしないと告げた件が今の電話に結び付いたのだ。となると、伊勢は平田の『創罪』を知っている？　平田なりの正義を認めた？

疑問はもう一つある。あの男は総務課長でしかないのに、どうして石毛逮捕劇の一端を担っているのか。いくら次席の懐刀といっても、所轄との打ち合わせは検事がすべき仕事だ。

地検なんて堅苦しい法の運用機関だと思っていたが、あの男——。

面白い。沢村は携帯を握り締めた。平田から、とんでもない置き土産を貰《もら》った。伊勢は番号を消せとも、かけるなとも言わなかった。平田の『創罪』や石毛の逮捕劇への関わりについて疑問をぶつけてみるか。答えは返ってこないだろう。それでもいい。少しでもS——伊勢を知れれば、平田からの宿題に答えが見出《みいだ》せるかもしれない。

平田にしっかり礼を言おう。いや。元受刑者から感謝の手紙が届く話もしない人だ。ただ惚《とぼ》け続けるだけだろう。ならば……。会うのもおそらく次が最後。のっけから礼の代わりに政治部異動を報告し、酒好きの平田にとことんまで付き合おう。そのためにはまず。

デスク、と沢村は腹の底から声を張った。

偶然と必然

大門剛明

大門剛明（だいもん・たけあき）
一九七四年三重県生まれ。龍谷大学文学部卒。二〇〇九年、『雪冤』で第二十九回横溝正史ミステリ大賞とテレビ東京賞をW受賞しデビュー。著書に『罪火』『獄の棘』『テミスの求刑』『婚活探偵』「負け弁・深町代言」シリーズ、「正義の天秤」シリーズなど。

1

外の桜が嘘《うそ》のように、取調室の体感気温は三十度を超えていた。

川上祐介《かわかみゆうすけ》はパソコンの電源を入れる。これから昼食を挟み、午後の取り調べが行われる。祐介も取り調べ補助として被疑者と向き合うが、一筋縄ではいきそうにない。襟元に素早く何度か風を送ると、狭い室内を見回した。マジックミラーの下にある巨大なホクロのようなシミだけが目立つ、向き合わされた二つの机以外は何もない室内。

「何とかせんとな」

取調官、小寺順平《こでらじゅんぺい》のワイシャツは汗で湿っている。京都府警捜査一課の警部補。若い頃は機動隊で活躍したと聞くが、病気をしてからは痩せて迫力はない。短く刈りそろえられた頭髪だけでなく、濃いひげにも白いものがちらほら混じる。この五十過ぎのベテラン刑事はおかしなジンクスを担ぐ。日本人なら普通、忌むであろう四の数字を好んで使うことだ。取り調べはいつも四号室。どの所轄でも小寺が来る時は、遠慮して使わない。

「テラさんでも無理なら、仕方ないって安田《やすだ》署長が言ってましたよ」

「おべっかはいらん。だいたいあの頭でっかちに何がわかる？ 逮捕を早まったって後悔してるのと違うか」

事件は一か月ほど前に起きた。

女性の失踪事件だ。住んでいたマンションからは叫び声が聞こえ、現場には大量の血痕があった。後にこれは女性のものと一致。失踪した城崎早苗《じょうざきさなえ》は元看護師で、夫のDV（家庭内暴力）に耐えかねて避難していたという。当然、捜査本部は夫の城崎知也《ともや》に目をつけた。

被疑者の城崎は医師。京都市内で『戻り橋外科』という医院を経営している。猜疑心《さいぎしん》が強く、妻早苗の浮気を疑っていたらしい。暴力は日常茶飯事で、早苗に向かって、殺すぞとよく怒鳴っていたという。

「どう考えても、黒ですよね」

「ああ、間違いない」

城崎と付き合いのあった検体集配員がその夜、城崎の自宅で返り血を浴びた城崎が車のトランクに何かを詰め込み、走り去るところを目撃している。さらに山中から城崎の焼け焦げたＢＭＷが見つかった。明らかな証拠隠滅行為。城崎は車は盗まれたと主張しているが、苦しい言いわけだ。遺体こそ見つかっていないものの、捜査本部は死体遺棄事件として逮捕に踏み切った。

「あの城崎は以前、逮捕されかかっていた。知ってるか」

祐介はええとうなずく。その医療事故は五年前に起きた。当時は交通課にいたが、城崎については噂《うわさ》で聞いた。中村文子《なかむらふみこ》という女性が胃の手術を受けた後に急激に体調が悪化して死亡、手術に問題があったのではないかと疑われた。遺族からの訴えを受け、警察でも刑事事件として任意で事情を聞いていたが、結局は立件にいたらぬままだった。

「あれも間違いなく城崎のせいだった」

捜査本部ができて以来の付き合いだが、小寺という人物のことはある程度、理解しているつもりでいる。ひと言でいうと昭和的というのか古臭い考えの人だ。太秦《うずまさ》署内でもそう噂する人もいるし、安田署長などは露骨に態度で示している。あんな時代錯誤の刑事はダメだ。別の刑事に取り調べを代われと何度も言っている。

小寺はどうやって口を割らせる気なのだろう。刑事研修では情に訴えるなど無意味。あくまで理だと教えられた。そう思う。近年、警察庁から指針が出され、本部監督担当課の設置など取り調べには事細かな注文が付けられている。睨《にら》みや脅しめいた話術は『殊更に不安を覚えさせ、または困惑させるような言動』で監督対象行為とされてしまう。

やがて被疑者が連れられて来た。

捕縄で椅子に繋《つな》がれる。被疑者、城崎知也は撫《な》で肩で細身。ピアニストのように長い指で、華奢《きやしや》な右足をさすっている。

「城崎さん、よろしいですかな」

丁寧な口調で、小寺は語りかけた。祐介は証言内容を調書にすべく、二人のやり取りを一字一句、間違いないように打ち込んでいく。

「十一日の二十三時過ぎ、あなたはどこで何をしていたんですか」

城崎は眉間にしわを寄せると、いい加減にしろとでも言いたげに小寺を見つめた。何度同じことを訊《き》く気だと顔に書いてある。

「自宅ですよ。酒を呷《あお》っていました。『鶴の声』です。コップ二杯」

「それを証明でき……」

「アリバイ証人に、心当たりはありませんね」

城崎は小寺の質問に先回りするように答えた。口元に笑みがある。挑発するような態度だ。祐介は証言を打ち込みつつ、城崎に一瞥《いちべつ》をくれた。こいつはクズだ。どうしようもない人間。こういう人物を吐かせる方法は一つ。決定的な証拠を突きつけることだ。逃れられないと知った時、こういう連中は利に走る。少しでも減刑をと願い、急にしゃべりだすのだ。しかし今、それは無理だ。

「あなたはあの日、『メゾン天神川』を訪ねたんではありませんか。そしてそこで口論となり、奥さんをナイフで刺し殺した。そして……」

小寺は死亡推定時刻における城崎の行動を、推理によって再現していく。祐介にもそれが真実だと思えたが、証拠は決定的でない。

城崎は無駄だとでも言いたげに、薄ら笑いを浮かべていた。しかし小寺は構わずに話を続ける。

「わたしにはわかりますよ、城崎さん」

何のことだと城崎は顔を上げた。

「わかるって何が？　わたしが殺したってことですか？　確たる証拠もなく」

同じような疑問を祐介も持った。城崎が殺したということには同意するが、そんなことを言えばかえってかたくなにさせてしまうだろう。しかし小寺は意に介することなく、ポケットから一枚の写真を取り出した。

「城崎さん、わたしにわかることはこれです」

小寺は写真を机の上に置いて、城崎の方へ百八十度回転させた。

「早苗さんがまだ、あなたを深く愛していたということです」

その写真には城崎と妻の早苗が写っている。二人はまだ若く、仲良く肩を組んで微笑《ほほえ》んでいた。

「現場の『メゾン天神川』から発見されました。この写真を早苗さんは今も大事に持ち続けていたんです」

その瞬間、城崎は目を大きく開けた。食い入るように写真を見つめている。

「早苗さんは昔のあなたに戻って欲しいと願っていた。そうでなければこんな写真、避難先まで持って行ったりしません。おそらくあなたもそうなのではありませんか。あなたはまだ早苗さんを愛していた。そのことをわかって欲しいという一心だった。愛しているが故に暴力に出た。わかってもらえない。しかし心の底では愛していた。違いますか」

祐介はしばし手を動かすことを忘れていた。写真の件は知らなかった。ただ驚いたのはそんなことではない。城崎の指先が、かすかに震えていたことだ。動揺している。こんな事実、犯行とは何の関係もない。それなのにどうして？　間《ま》をあけると、小寺はさらに続けた。

「可哀相《かわいそう》に……早苗さんは今も一人、暗い土の中であなたを待ち続けているんではないんですか」

数十時間に及ぶ取り調べで、初めて小寺は机を叩《たた》いた。それは軽く、ペチッという音がしただけの弱いものではあった。それでも城崎の背を押していた。

取調室からはしばらく音が消えた。

聞こえてくるのは城崎が洟《はな》をすする音と、隣の部屋で取り調べをする別の刑事の声だけ。祐介はキーボードを叩く手を止め、城崎をじっと見つめた。泣いているのか……この冷酷な男にも情があったのか。

その言葉がこぼれたのは、それから一分ほどが経《た》ってからだ。

「わたしが殺しました」

驚きはなかった。すでに空気は変わっている。表面張力で支えていたコップの水が、蛇口からの一滴によってあふれるように城崎は自白した。

「一緒にいるのは危ない……友人にそそのかされて妻は出ていったんです。わたしは怒りがわきました。いやそうじゃない。わかって欲しいという思いだけだった」

「どうして奥さんの居所がわかったんですか」

「あの日、見つけたんです。妻が身を隠しているマンションの住所が書かれたメモ用紙を……」

「メモが？　どうしてそんなものがあったんです？」

小寺が訊いたが、城崎はどうでもいいだろと言わんばかりに髪をかきむしっている。

妻の部屋を整理している際に見つけたと答えた。

「わたしは妻とよりを戻したかっただけなんだ！」

堰《せき》を切ったように、城崎は語り始めた。その日、メモを頼りに『メゾン天神川』に向かったこと、そこで怒鳴り合いになったこと、興奮のあまり、ナイフで刺し殺してしまったこと、遺体を車で運び、山に埋めたこと……。

「わたしは妻を愛していたんです！」

城崎は泣いていた。夜ということもあり、遺体を捨てた場所はハッキリとは覚えていないようだ。とはいえ彼と一緒に実況見分に向かえば近いうちに見つかるだろう。祐介は調書を作りながら、興奮が覚《さ》め遣《や》らなかった。情に訴えることは軽視されている。そんなもので落ちたら苦労しないというのが指導官の口癖だった。むしろタブー。それはその通りだと思うが、有効な場合もあるようだ。

やがて城崎は、取調室を後にした。

「行くか、川上」

大きな仕事を終えた小寺は、汗をぬぐった。

「よく吐きましたね」

「ああ、奴《やつ》は自分のしたことが悪であると気付いていた。けどその一方で、妻を愛していた。それが暴力という形で現れた。ストーカー対策室に行ってみたらわかる。こういう奴もいる。嫁さんがあいつをまだ愛していたと思えば落ちるかもしれん。俺はそう思って少しだけ嘘を混ぜた」

「嘘……ですか」

小寺はにやりとした。急に小声になる。

「あの写真、現場にあったのとは違うんだわ。実家にあったのを借りて来た。殺された嫁さんは城崎のことなど、もうこれっぽっちも愛してはおらんよ。あんなDV野郎、二度と顔も見たくないって思っていたはずだ」

そうだったのか。虚偽によって自白を得ることは違法だが、この場合はどうなるのだろうか。いやそんなことは自分の心の内に秘めておけばいい。それよりも小寺の自白職人ぶりを褒めるべきだろう。事実や状況証拠を積み重ねただけでは、城崎は決して吐くことはなかった。情に訴えるだけでもそうだろう。どうすれば口を割るか。城崎の心理を冷静に読み切り、ピンポイントで落としたのだ。そのためについた最小限の嘘……小寺の痩せた背を見つめつつ、祐介は取調室を後にする。

少し外の空気を吸いたいと小寺は言った。花曇りだったが、涼しい風が心地よい。太秦署のしだれ桜は今が満開だ。

小寺は祐介の胸の辺りを、こぶしの裏で軽く小突いた。

「分厚い胸板だな」

警官には剣道や柔道を本格的にやっている者が多いが、自分には最小限のたしなみしかない。健康のため、トレーニングジムで鍛えた筋肉だ。何の武道をやっていたかと問われると答えに窮したところだが、幸いなことに小寺はそのことは問いかけてこなかった。

「おまえ、タッパいくつある？」

「百八十二センチですが」

「何故《なぜ》刑事になった？」

刑事任用試験においても訊かれた問いだ。あの時、自分は主任面接官の目をじっと見つめつつ、こう答えた。

「自白というものに興味があったからです」

主任面接官だけでなく、補助面接官、同時に試験を受けていた他の刑事候補生たちも意外そうな顔だった。被疑者を落とすプロセスのダイナミズムにひかれました……当時と同じように答えると、小寺はどういうわけかじっと祐介を見上げた。

「変わった奴だな」

恐縮したように、いえ、と答える。嘘は言っていない。ただしその裏にはもう一つ、隠していることがある。

「お前、俺とどこかで会ったか」

「え……」

別角度から降ってきた問いに、祐介は不意を衝《つ》かれた。

「いえ、初めてです」

小寺はじっと祐介を見上げていたが、やがて破顔する。あの人はちっこかったな、とつぶやくように言うと、公用車に消えた。

その日、祐介は遅くまで報告書作成に追われた。

がらんとした刑事部屋で一人、机に向かう。刑事の仕事は書類作りが大部分を占める。

色々な書類があって、検事に送る調書は丁寧に書かなければいけない。

「なんとかなったようだな」

声をかけてきたのは太秦署署長、安田富夫《とみお》だ。

「大きな山は越えたようだが、遺体が出てくるまでは油断はできんからな」

「時間の問題でしょう？　城崎と実況見分に行けば遺体もすぐに見つかります」

安田は去年から太秦署署長になった。せわしなく頭を掻《か》いている。心配性で神経が細かいせいか、頭髪がかなり怪しくなっている。捜査本部では形式上トップだが、あまり現場のことは知らない。自白のみの死体なき殺人で逮捕・送検したのはいいものの、不起訴処分にでもなれば、目も当てられないというのだろう。

「まだわからんぞ。城崎には左京法律事務所の連中がついている」

安田の心配は、城崎に付いた弁護士のことのようだ。彼の弁護を引き受けた左京法律事務所は関西の名門だ。

「問題ありませんよ。もしその弁護士がそこまで優秀だというのなら、今回の自白など許さなかったはずです。自白も得ましたし、被疑者側の頼みの綱は遺体がない……この一点だけになったわけで。それも近々、崩れるでしょう。遺体が出てきてから、いくら騒ごうが無意味です。どんな有能な弁護士だとしても、無罪にすることは不可能ですよ」

「まあ、だったらいいがな」

心配性の安田から解放されると、再び調書と向き合った。

適当に書いた調書だと、三文調書などと呼ばれ、書き直しさせられてしまう。ただこの日は興奮が先にあった。右手で捺《お》された指印がある。先ほど、被疑者である城崎が捺したものだ。この自白調書一つを得るために、警察は血のにじむような苦労をする。そしてそれがいつも実るとは限らない。今回も小寺による取り調べがあったから、ここまで来たのだ。

祐介は十四年前、高校を卒業後、警察に入った。

体力はあったが、それだけだ。小寺のように剣道の有段者などではない。生活課や交番勤務などが長く、刑事になれそうにはなかった。しかしその時知り合った課長代理が気に入ってくれたようで推薦を受け、刑事任用試験に合格した。三十を過ぎての刑事拝命は遅い方だろう。最初はいわゆるお茶くみ番というより死体洗い番だった。腐臭とグロテスクさの中で死体を洗い、遺族が対面できるように整える。途中から慣れたが、今も死臭が体にこびりついているのではないかと思う。その役目が嫌で刑事を嫌う者もいた。祐介が嫌な思いをしつつ刑事になったのは、やはり刑事という職業に特別な思い入れがあったからだ。

——お前、どこかで会ったか。

頭に浮かんだのは、昼間、小寺が口にした問いだ。

その質問は、届かないと思った切っ先が鼻先をかすめたようなものだった。小寺と会うのが初めてなのは事実だ。しかしその質問が意外でないことは、自分ではよくわかっている。小寺はあの後、あの人はちっこかったとつぶやいた。あれは父のことだ。祐介が父に似ていたからそう言ったのだ。自分が刑事になった本当の理由、それはそこにある。父もまた、自白をとる名手と呼ばれていたのだ。だからひかれた。二畳あまりの部屋で起こる奇跡……そのきらめき、あるいはおぞましさに。

2

取調室には重苦しい空気が流れていた。

キーボードにかけた祐介の手は止まっている。被疑者、城崎知也はじっと黙り込み、マジックミラーの下に付いたシミを見るでもなく眺めている。

自白から四日後、事態は大きく変わっていた。

城崎は翌日から黙秘に転じたのだ。イエスもノーもない。全く口を開かない。予定されていた実況見分も中止された。

取り調べは生ものだというのは昔から聞いていた。しかしあれだけ感情を爆発させて自白した被疑者がここまで一転して口を閉ざすというのは初めて見る。

「同じ墓に入りたい……奥さんは今もそう思っていますよ」

情に訴える小寺の言葉にも、城崎は口を開くことはなかった。まるで耳栓でもしているように無反応だ。あれから弁護士と接見して、何かを吹き込まれたのだろうか。安田署長の懸念が的中した格好だ。

とはいえ、自白したのはまぎれもない事実だ。遺体の場所こそ吐かなかったが、城崎は『メゾン天神川』での被害者とのやり取りについて詳細に自白している。それは祐介が作った弁解録取書を見れば明らかだ。府警は取り調べの可視化について難色を示している。現場にいると暴力団がらみの件でそう思うのはよくわかるが、こういう単独犯が落ちる瞬間を映像として残し、多くの人に見てもらいたいという思いもある。

言葉の消えた取調室。小寺はこれ以上、しつこく問いを発しても無意味だと思ってか、口を閉ざした。無為に時をつぶしていくわけではなく、あれだけしゃべってくれたのに、どういうことですか……無言で城崎にプレッシャーをかけているようだ。取調室の外から聞こえてくるのは女性の高い声だ。被疑者だろうか。京都なまりの強さが気に障る。

時計を見ると、すでに六時前。取り調べの終了予定時刻だ。取り調べ中、取り調べ補助は取調官と会話をすることはできない。時間がきたことを目で知らせると、小寺の眉間にしわが寄った。外で叫んでいる女性の声が一層大きくなる。

やがて取り調べは終了し、城崎は留置場に連れられて行った。本当にどうしてしまったのだろうか。自白の際に見せた感情は本心からのものに思えた。あのまま城崎を遺体遺棄現場まで連れて行くことができれば、一気に事件は解決していたように思う。

「どういうつもりなんですか」

耳を突く大声が疲労した体に刺さった。さっき取調室の外で叫んでいたのと同じ声だ。ヒステリックな女性被疑者が暴れているのかと思ったが、その声の主は祐介の目の前に立ちふさがった。

「接見予定時刻は伝えてあったはずやのに、どういうつもりなんですか」

襟元に付いたひまわりの記章を見て、その問いが祐介自身に向けられたものであることがやっとわかった。彼女は弁護士のようだ。

「誰の弁護士ですか」

彼女は答える代わりに名刺を差し出す。そこには左京法律事務所、宇都宮実桜《うつのみやみお》という名前が刻まれていた。

「決まっとるでしょう？　あなたたちが憲法違反までして取り調べた、城崎知也の弁護士です！」

祐介は名刺と目の前にいる若い女性を交互に見比べた。小柄でまだ二十代半ば。球体のような小さな頭部。リクルートスーツが就活中の学生のようだ。左京法律事務所の弁護士がこんな子供のような女性とは思いもしなかった。

「接見交通権は被疑者の命綱です。何考えとるんですか」

大げさだなと祐介は思った。少し手違いがあっただけだ。

「あ、馬鹿にした目やなあ。こんな小娘が弁護士なんかって。人権ばかり声高に叫ぶ病気にとりつかれてるやろって」

彼女は鼻息が荒い。リスのようなつぶらな黒目に愛らしさがあるが、憲法がどうのと言い出すことにある種の偏りを感じた。

「そう思ったら、それも憲法違反か」

祐介は払いのける仕草で応じたが、宇都宮実桜は食い下がって来た。

「やっぱりそうなんや。こんな人権意識の低い刑事が取り調べとったから、城崎さんは自白してしまったんです。人権なんておかしな弁護士が主張するだけの屁理屈《へりくつ》にすぎひん。そんな意識なんや。あなたたちが自白を強要したんですね？　いくらあれは任意の自白だって言うたって、ウチは徹底抗戦しますから」

口角泡を飛ばすという感じで、実桜はしばらくしゃべり続けた。おそらく城崎も彼女に丸め込まれて、黙秘を続けているのだろう。本当に困ったものだ。

「おい。何やってる？　川上」

小寺が立ち止まって、こちらを眺めている。困ったものにつかまったもんだなとばかりに苦笑いを浮かべていた。祐介は今行きますと応じるが、宇都宮実桜は口元をとがらせつつ、前に回り込んだ。

「京都府警の伝統なんやろ？　こういうのって」

挑発的な口調だったが、祐介は無視した。しかし実桜は構わずに続けた。

「違法捜査で冤罪《えんざい》を作る……大八木《おおやぎ》捜査法って言うんやってな」

その瞬間、目の前が白くなるような感覚が襲った。

祐介の足は止まった。実桜を凝視する。

「うわあ、怖い目やわ……」

時間にして一秒もなかったと思うが、時が飛んだ。実桜はにやりと微笑むと、退散、退散と言いながら、踵《きびす》を返して接見に赴いて行った。

――何も知らない弁護士の言うことだ。気にするな……。

祐介は自分に言い聞かせた。こちらを見つめる小寺の視線を気にしつつ、無理に口元を緩めた。

「まずいことになったぞ、川上」

「どうしたんですか」

「今、係長から連絡があった。杉野《すぎの》検事が倒れたらしい」

祐介は小さくえっと応じた。杉野雅文《まさふみ》検事は今回の死体遺棄事件、いや殺人事件を担当するベテランの三席検事だ。

「前から体調が思わしくないってことは聞いていた。けどこんなタイミングで……思いもよらんかったわ」

警察は被疑者の身柄を確保した後、四十八時間以内に検察に身柄を送る必要がある。送検というが、送った後は検事だけが取り調べるのではなく、警察も取り調べは可能だ。つまり警察と検察は深い協力関係にある。杉野検事は自分が自白させた場合にも、警察で自白したことにしてくれる検事で、刑事たちには非常に評判が良かった。

「検事の容態はどうなんですか」

送検後、検事は勾留《こうりゅう》延長を含めて二十日以内に起訴・不起訴を決めなければいけない。勾留延長満了期日が迫り、杉野検事も苦しい判断を迫られていたはずだ。心労がたたったのだろうか。

「かなりまずい。命は助かったようだがな。脳梗塞があって、舌が回らない。歩くこともできんらしい」

祐介はそうですかと応じるのが精一杯だった。

勾留満了期限ギリギリで検事が倒れる……この異常事態は不安を感じさせる。今回の場合、状況は完全に黒だ。しかし遺体がないという一点だけが難問として立ちふさがっている。画竜点睛《がりょうてんせい》を欠くとはこのことだろう。

女性弁護士の残した言葉と倒れた杉野検事……苦みを感じつつ、祐介は外の空気を吸った。満開だった桜は盛りを過ぎ、花びらだけが地面に散っていた。

その日から、祐介は小寺と行動を別にした。

本来なら取り調べ補助として動くはずだが、目撃者に確認をした後、遺体の捜索に加わってくれと小寺に言われたのだ。相棒として失格の烙印《らくいん》を押されたようで、少しだけ落胆があったが、客観的に見るならこうすることがベストだろう。

目撃者は片桐寛市《かたぎりかんいち》という五十がらみの男だった。

これまでにも何度か話を聞いた。片桐は検体を集配する会社の社員で、城崎の経営する戻り橋外科によく出入りしていた。単なる検体の集配だけでなく、医療機材のチェックや雑用まで小間使いのように扱われたようだ。その夜も医療機器の不具合をチェックしにやって来たところ、返り血を浴びて自宅に戻ってきた城崎を目撃したらしい。

「何度もご足労、申し訳ありません。確認になりますがその夜、被疑者は帰宅後、自宅に穴を掘っていたんですね」

目の前の片桐は痩せていて目が細く、かなり貧相な男だ。

「ええ、機械は直りましたよ、と声をかけようとしたんですが、鬼のような顔で近寄りがたかったんですよ」

「上着に返り血がついていたんですね」

「それは……返り血かどうかは何とも。シミのようなものはあったかな程度で」

少し前に話を聞いた時より、片桐は歯切れが悪いように感じた。とはいえ、だいたい状況は推理できる。メゾン天神川で妻を殺した城崎は車のトランクに遺体を詰め込み、埋めようと一度自宅に戻った。しかし自宅の庭に埋めたのでは、掘り返されれば決定的な証拠になると思い直して山の中に埋めた。城崎も一度、そう自白した。

「片桐さん、その際、遺体を見ましたか」

祐介の問いに片桐は言いよどんでいた。祐介はしっかりと彼の目を見つめる。しかし片桐は視線を落とし、ハンカチで額を拭くだけだった。

「すみません、遺体は見ていません」

舌打ちしたいのを抑えて、祐介は問いを変えた。

「城崎はどういう人間でしたか」

「どう、と言われましても」

「奥さんを殺すような感情の起伏の激しい人間でしたか」

「それは……まあ。あ、いえ。わたしは仕事のことで色々怒鳴られますが、それとこれとはまた話が別で……元は技術屋でして、今の会社にもともといたわけではないので。まあ、いまだに要領が悪いというか、仕方ないのかと」

片桐はのらりくらりと受け答えをした。この感じだと日頃からひどい扱いを受けていたようだが、やはり歯切れが悪い。検体集配員と医師の力関係は医師が優位だ。よくパワハラもあると聞く。無関係の人間ならいざ知らず、片桐としてもあまりお得意様の悪口は言えないのだろう。

――これ以上、強く訊いてもダメか。

あまり焦っている様子を見せると、不起訴になった場合のことまで考えて、かえって城崎に不利な情報は話さなくなってしまう恐れさえある。悔しい気持ちを抑えつつ、祐介はできるだけ余裕のある態度で接した。

「何か思い出したら、小さなことでもいいですから連絡くださいね」

「はあ、わかりました」

片桐と別れ、祐介は太秦署を出た。

「くそ、ダメか」

向かったのは綾部《あやべ》市の山奥だった。最終的に切り札になってくるであろう証人にはあまり期待できない。だが遺体さえ出てくればすべてにけりがつく。遺体の捜索は穴掘り、と言われることがあるが、今回の捜索は厳しい。城崎の証言ではこの辺りだというだけで、はっきりしない。被疑者本人を伴っての穴掘りでさえ、すぐに見つけることは容易ではないと言われているのだから、難儀な作業だ。

「よう、ご苦労さん」

ゴリラのような大男が話しかけて来た。太秦署の刑事課係長、有村秀人《ありむらひでと》。がっちりしたアゴに黄ばんだ歯、四十一歳という実年齢より老けて見える。急に日焼けして黒くなったように見えた。祐介も大柄ではあるが、有村は体格といい毛深さといい、日本人離れしていた。

「まさか黙秘に転じるとは思いもしませんでした。せっかくテラさんが自白させたのに。証人もいまいちはっきりしないんで」

有村は肩口で汗をぬぐった。

「古いって言われそうやけど、あの人の落とし方は俺も尊敬しとるわ」

「それより係長、城崎はどうなると思いますか？　正直、見つけるのは厳しいでしょう？　遺体なき殺人で起訴できるんでしょうか」

どうやろ、と有村は首を傾《かし》げた。

「全く例がないわけではないよってできるやろ。けど検事の専権事項やし、俺らが口出しできることやない。まあ、京都地検の副部長には会ったことがあるが悪い人やないし、後任はおかしな人物にはならん。いずれ殺人で起訴してくれるはずや」

「ええ、有罪にしてもらわないと」

それからしばらく捜索を続けた。しかし予想通り、遺体は杳《よう》として見つからない。時間がむなしく流れていく。容赦なく照りつける夏のような陽は、もとより黒い祐介の肌を一日足らずでこんがりと焼いた。

太秦署に戻った時には昼を過ぎていた。

杉野検事がこんなタイミングで倒れるなど想定外だ。とはいえ地検には優秀な検事くらいいくらでもいるし、恐れていた左京法律事務所の弁護士は世間知らずの小娘という感じだった。しかし遺体がないというこの状況をどう考える？

刑事部屋は昼休みだというのに、何故か人が多い。いつもと違った雰囲気だ。しかしそれが決して良くない雰囲気であることは、安田署長の険しい顔が告げていた。

「どうかしたんですか」

ため息交じりに安田が祐介を見上げた。答える気力もないというような態度にさらに不安は増し、祐介は端に座っていた刑事に同じような問いを発した。

「さっき京都地検の副部長から連絡があった。不起訴だそうだ」

「え……何故ですか」

「知るかよ。こっちが聞きたい」

舌打ちが聞こえた。刑事はおい行くぞ、と部下の新米刑事を連れて別事件の聞き込みに回った。それに呼応するように、大勢いた刑事たちは蜘蛛《くも》の子を散らすように姿を消した。残ったのは署長の安田と祐介、有村など数人だけだ。

「どうしてなんですか？　署長」

安田は振り返ると、ため息で応じた。相変わらず言葉がない。

祐介は有村と顔を見合わせた。確かに遺体を見つけられないこの状況は、捜査機関側にとっては非常に厳しいものと言えるだろう。とはいえ、状況は完全に黒。しかも取り調べ段階で城崎は動機も含め、完全に一度落ちている。犯人しか知りえない秘密の暴露と呼べるような部分もあるわけで、十分有罪に持ち込めるのではないか。

「こんなこと……納得できません」

「納得できんのは、こっちも同じだ」

安田は薄くなった頭髪をカリカリと掻きむしった。神経質なのはわかっているが、今回の失敗でイラついているようだ。

「杉野さんの代わりを任されたのは、まだ若い検事らしい。その検事が横井《よこい》副部長を説得して不起訴を決めたそうだ」

「若い検事？」

起訴された場合、日本での有罪率は九十九パーセントを超える。それは逆に言えば検事にとっては失敗が許されないことをも意味する。この事件の場合、遺体という点睛を欠いているのだから、検事からすればその判断もやむを得ないのかもしれない。下手に起訴して、左京法律事務所の女性弁護士にやられては目も当てられない。ましてや若い検事なら、出世に響きかねない。だから安全策をとった。こちらの苦労も知らずに。

「杉野さんさえ倒れなければな……」

仮定してもむなしいが、安田の気持ちは痛いほどわかった。椅子に座り、頭を抱えた。すでに不起訴にした以上、これが覆ることはない。事件発生から一か月余り。捜査本部設置から今に至るまで人も金も動いている。だがそれよりも頭にあったのは小寺のことだった。これまでの苦労はどうなる？　五年越しで城崎を追い続けた小寺の苦労は？

後ほんの一押し。手を伸ばせば届きそうだったのに。

「若い検事の名前は何ていうんですか」

有村の問いに、安田はぶっきらぼうに答える。

「唐沢《からさわ》だ。唐沢真佐人《まさと》」

その名前を聞いた瞬間、殴られたような衝撃があった。祐介は固まったまま、大きく目を開いた。まさか……。

安田と有村は話を続けている。

「何でも東大出で司法試験にも在学中に受かったエリートらしい。まだ三十一だっていうのに、こんな事件を任せるとは、横井副部長もおかしい」

「杉野検事なら絶対、起訴しとったでしょうな」

二人の会話をよそに、祐介は立ち上がると、走り出していた。

どこ行くんやという有村の制止も聞かずに、祐介は駐車場に向かった。勝手な行動、というより常識外れの行動だと頭では理解できているが抑えられない。

丸太町《まるたまち》通を御所《ごしょ》の方へ進み、烏丸《からすま》通の少し手前で左折。府庁の横にベージュの建物が見えてくる。すぐに駐車場へ乗り入れた。

祐介が向かった先は、京都地検だった。

「唐沢検事に面会したいのですが」

受付で話す。女性事務員は不審げに祐介を見上げている。祐介は遅れて身分証を提示した。太秦署の巡査部長だと説明した。しかし女性事務員は訝《いぶか》しげだった。それはそうかもしれない。いくら捜査機関側の人間とはいえ、いきなり押しかけるなど異常だ。

それでも捜査のことで話があると粘り強く交渉すると、事務員は答えてくれた。

「さっき検察官執務室にいました。一番奥の部屋です」

ありがとうと礼を言って、祐介は三階に向かった。

小柄な男性とすれ違った。立会事務官だろうか、不審げな顔で祐介を見つめている。構わず会釈だけして一番奥の部屋へと小走りで向かう。赤ランプはついていないし、取り調べ中の札もない。ノックすると、はいという声が聞こえた。祐介は失礼しますとも言うことなく、ノブに手をかけた。

八畳ほどの検察官室内には、二人がいた。一人は若い女性で、書類を手にこれから外に出ていこうとする途中だった。もう一人は立ったまま書類を読む眼鏡の青年だった。あまりにも不意打ち的な訪問に、二人は驚いた様子で言葉もなく、祐介を見つめていた。しかし色白の青年は眼鏡をはずすと、ため息交じりに腰かけた。

「席を外してくれますか」

はいと恐る恐る答えて、女性は部屋を出ていった。立会事務官のようだが、さっきの小柄な男はそれなら誰だったのだろう。よくわからないが、どうでもいい。祐介は若い検事を無言でじっと見据えた。検事は書類に目を通した。

「太秦署の刑事が何の用です？」

検事は面倒くさげに質問してきた。祐介は女性のようにきめ細かい白い肌を見つめる。全く苦労していないような艶だ。

「まあ、用件は察しがつきますがね。城崎知也を不起訴にしたことでしょう？　警察としては不満でしょうが、起訴・不起訴の権限はこちらにありますのでね。何が真実追求のためにベストかと考えて判断しました」

祐介が近寄ると、検事はやれやれと言わんばかりに口を開いた。

「結局、遺体は見つけられなかった。それに弁録を読みましたが、やや問題がありますね。特に小寺警部補が被疑者を自白させた部分。あれは虚偽でしょう？　嘘の証拠を突きつけて吐かせたように感じますが」

「そんなことはどうでもいい」

祐介は両手をドンと机の上に置いた。

「ええ、どうでもいいですね。わたしがおかしいと思ったのは、このメモです」

そこにはワープロ打ちで、京都市右京区天神川三条下ル下刑部町3‐4‐7メゾン天神川204と書かれていた。

「城崎の妻、早苗が夫の暴力を恐れ、隠れていたマンションの住所です。城崎は自宅の早苗の部屋でこのメモを見て、彼女の隠れ住む『メゾン天神川』を知り得たらしいですね。どうやって住所を知ったのかと問われ、城崎は妻の部屋にメモが残っていたと自白しました。これが何故、城崎の自宅に残っていたのか、それともう一つ、城崎はこのマンションの鍵が開いていたと証言しています。ですが実際には強引に開けた跡があり……」

祐介は途中で遮って顔を近づけた。

「二十年ぶりか」

「二十一年ぶりですね」

即答と共に返って来たのは、冷たい視線だった。

「いつからそんな偉そうになった？」

立ち上がった検事は再び眼鏡を外すと、切れ長の目で祐介を見据えた。

「川上巡査部長、知りませんか？　刑事訴訟法第一九三条で検事は司法警察職員を動かす権利があると規定されています」

「ふざけんな！」

祐介は身を乗り出し、検事をじっと睨みつけた。別れた時、二人は身長も体重もさほど変わらなかった。しかし今、体格では彼は祐介とは比べ物にならないほど華奢だ。若くして岩石のような顔になってしまった祐介とは対照的に、彼は女性のように綺麗《きれい》な顔をしていた。しかしその目は変わらない……。

「仕事がありますのでこの辺で。ああ、文句があるのならここに連絡してください」

差し出されたのは名刺だった。京都地検刑事部検事、唐沢真佐人と書かれている。住所はないが、携帯の番号があった。祐介は名刺をつかむと、破りかけて手を止めた。足早に誰かがこちらに向かってくる。

「大丈夫ですか、唐沢検事」

扉が開き、警備員が入って来た。

立会事務官がおかしいと思い、呼んだようだ。検事はニッコリとほほ笑むと、大丈夫ですと答える。しかし納得できないらしく、警備員は祐介を見上げた。

「捜査の話をしていただけです。先の死体遺棄事件で、どうしても内密に話をしたかったので来ていただいたんです」

かばう気か……それなのに全く嬉《うれ》しさもなければ、ありがたいとも思わない。むしろ嫌味とさえ思えてくる。

「そうですよね？　川上巡査部長」

祐介は渡された名刺を手のひらでつぶしてポケットにねじ込む。開き直ったように大声で失礼しますと言って検察官室を後にした。何をやっているんだろうという思いのまま、逃げるように京都地検を出た。

いつの間にか、御所の桜が散りかけている。

二十一年ぶり……実の弟との再会は、ひりつくような苦味だけが残った。

3

午後七時。独身寮に戻った祐介は、ベッドに横たわり天井を見つめていた。

あれから署長にひどく怒られた。帰れと言われ、謹慎のような形で今ここにいる。当たり前だろう。検事の不起訴処分が納得できないからといって、検察庁まで乗り込む刑事などどこにいるのか。地検ですれ違った小柄な男性は事務官だと思っていたが、彼は横井至《いたる》という副部長検事だったらしい。彼から署長に連絡が行ったようだ。

これからどうなるのか。そんな不安がないではない。しかし今もなお、怒りが猛《たけ》っていてそんな不安を消し去っている。煮るなり焼くなり好きにしろという感じだ。

「こんな偶然が……あるのか」

唐沢真佐人検事は、祐介の実の弟だ。年子だったせいか、あまり兄と弟という感じではなく、同級生的感覚だった。姓が違うのには理由がある。二人の父、大八木宏邦《ひろくに》はかつて、京都府警の刑事だった。数々の事件を解決し、時効寸前の事件を奇跡的に解決したこともある。子供の頃、そんな父は祐介のヒーローだった。学校で自慢し、余計なことを言うなと怒られたこともある。

刑事と検事ってどう違うの？　そんな馬鹿な問いを発したこともある。父は唐沢洋太郎《ようたろう》という京都地検の検事と親しく、時々家に連れて来ていたからだ。父は検事さんは刑事の五倍大変やと日ごろから言っていた。だが祐介にはほとんどを室内で過ごす検事よりも、あちこち飛び回り、汚い仕事もしなければいけない刑事の方が苦労が多いように思えた。

絶対的だった父への信頼が揺らいだのは、一つの事件が原因だった。

西島茂《にしじましげる》という男性が殺人事件で逮捕され、有罪になった。しかし数年後、服役中の西島は取り調べの際に無理やり自白させられたと訴えた。再審が開始され、新証拠から西島の冤罪が証明された。父が積み上げてきた名刑事の評判は一気に地に墜《お》ち、他の事件でも同じように冤罪を作り出したのではないかとすさまじいバッシングが起きた。真犯人は不明だ。父は急に体調を悪化させて入院。嘘のようにあっけなく死んだ。実際には元々肝臓に病気があったらしく、仕事への執念で無理に頑張っていたようだ。

いまだに京都府警で違法捜査まがいのことがあると、大八木捜査法と裏で呼ばれる。先日も宇都宮実桜という若い女性弁護士がその言葉を使った。

父の両親はすでになく、若くして死んだ母の両親に祐介は引き取られた。ただし年金暮らしの祖父母に二人を養っていく金はなく、弟の真佐人は子供のない唐沢洋太郎夫婦に引き取られた。二人の姓が違うのはこのためだ。

成長した祐介はいまだに信じられない思いでいる。あの父が違法捜査などするだろうか。

刑事になりたいと思ったのは、自白というものに興味があったから――この説明に嘘はない。しかしその奥にある動機は、自分が刑事となって事件の真相に迫りたいというものだった。苗字《みょうじ》こそ違うが、父と同じように太い眉毛に鷲鼻《わしばな》。そっくりではないが、親子だと説明すれば誰もが納得する。小寺が祐介を見てああいう反応をしたのも、父に似ていると思ったからかもしれない。一方、真佐人は母親似だ。苗字も違うし、誰も自分と真佐人が兄弟だとは思わないだろう。

それにしても真佐人と自分が検事と刑事として再会するとは思いも寄らなかった。

検事は異動が多い。二、三年で赴任地を変わって全国を飛び回ることになる。二十四で検事になれば退職まで三十五年以上あるわけで、真佐人が検事になった以上、いつか京都に来てもおかしくはない。そういう意味ではこの再会は必然とはいえないまでも、偶然とは呼べないのかもしれない。

ただ気になったのは、真佐人が変わってしまったことだ。真佐人は子供の頃、絶対に刑事になると鼻息が荒かった。あの時は自分などより父を尊敬していた。だからこそ反動が大きく、逆に刑事を嫌ったのだろうか。京都地検にいた彼の養父、唐沢洋太郎は真佐人の利発さに目をつけて、引き取った。後に唐沢は最高検検事になったというが、真佐人に検事になるための英才教育を施したのかもしれない。

かすかに机の上から音がする。携帯が震えているのに気づいた。

「はい……」

「何しょぼくれている？　早く来い」

かけてきたのは、小寺だった。

「帷子ノ辻《かたびらのつじ》の駅前で待っている」

祐介は力なく、謹慎中なのでと応じた。

「いいから早く来い！」

祐介は慌てて着替えると、自転車に乗った。太秦署や広隆寺《こうりゅうじ》を横目に、嵐電《らんでん》の線路に沿って走る。寮のある太秦から帷子ノ辻まではすぐだ。

あそこかと思い近づく。帷子ノ辻駅前に停《と》まっていた黒い車のドアが開く。

運転を代われと小寺が指示し、祐介はハンドルを握った。

よくわからないまま、車を走らせる。どこへ行くというのだろう。三条通を東に向かう。鴨川《かもがわ》を渡り、向かったのは京阪三条駅近くにある古門前《ふるもんぜん》ビルというところだ。暗闇の中、明かりが灯《とも》っていた。

小寺は必要最小限のことしか話さず、煙草《たばこ》をくゆらせていたが、祐介が近くのコンビニに車を停めると、ようやく口を開いた。

「ウチの係長からの指示でな……」

隣に停まっていた車には、太秦署の有村刑事が乗っていた。小寺に城崎を追えと命じられて、有村の車は走り出した。

張り込み……どういうことだろう。真佐人が不起訴処分にしたのに、警察は諦めずに城崎をマークしているのか。だがここは戻り橋外科や城崎の自宅からは遠い。東山区だ。

「不起訴になったが、城崎が嫁さんを殺したって事実に間違いはない。それと今日のことだが、匿名で警察に電話もかかってきた。メゾン天神川で怪しい車を見たと。詳しくはまた電話すると言っていた。その目撃者がメゾン天神川で見たというナンバーも城崎のBMWと一致した。このまま終わらせてたまるか」

祐介は小さく何度かうなずく。

「テラさん、こういうことですね？　城崎は結局、最後は黙秘して終わった。しかし途中、綾部市の山中に遺体を埋めたと自供している。範囲が広いので勾留延長満了までには見つけられなかったが、いつまでも見つからないという保証はない。見つかればアウト。不起訴で自由の身になった城崎は不安で仕方ないはず。掘り返して別のところに処分するかもしれない。だから尾行する……」

うまくボロを出すだろうか。そう思っていると、ビルの中から、五十くらいの男性が姿を見せた。

「おいでなすったか」

小寺は細い目をさらに細くした。その視線の先に姿を見せた男性は痩せていて、五十がらみだった。

「片桐寛市……こいつを尾行する」

「え、片桐をですか」

片桐はかねてからこの事件の証人だ。すぐにカローラで出ていった。古門前ビルに入っていたテナントは医療器具のメーカーで、片桐はここで仕事を終えて自宅に戻るようだ。

「行け、川上」

小寺の指示で、祐介はその後を追った。どういうわけだろう。城崎ならともかく、どうして片桐の方を追うのだろうか。訊《たず》ねたかったが、小寺は眉間にしわを寄せてじっと考え込んでいる。気軽に声をかけられる雰囲気ではない。

片桐の車は一一八号線を山科《やましな》の方へと向かっていた。

この道は醍醐《だいご》道《みち》、または滑石《すべりいし》街道、滑石越とも言われていて、細い割に通行量は多い。片桐の自宅は山科なので自宅に向かうルートだ。

黙り込んだ小寺に訊くことができず、祐介はこの尾行の意味を考えた。小寺の言うように、この事件の真犯人は城崎だろうと自分も思う。目の前で自白したのだ。だがそれなら何故、片桐を追うのか。考えられる可能性は多くない。

「川上、片桐を追う理由がわからんか」

「それは……」

事件についてはさっきから考えている。そして一つだけ解答はある。祐介が精一杯、頭をひねって考え出した答え、それは片桐が共犯であるというものだ。片桐は城崎の小間使いのようなものだし、無理に共犯にさせられた。ただまだ確信は持てない。もしそうならそもそも証人にならない。そのことを正直に口にした。

「もちろん城崎と片桐、二人に意思の連絡などはなかったと思います。殺人に関しては、城崎の単独犯でしょう。しかしその後、城崎はどうすべきかと片桐に相談した。お得意様として以前から親しくしていた二人です。こんな相談もありうるでしょう。そしてそこで城崎はある提案を持ち掛けた……」

「どんな提案だ？」

「遺体を処分してくれたら、破格の報酬を払うというものです。城崎に資産はうなるほどある。一方、片桐は一度、セキュリティの会社をクビになって、畑違いの今の仕事をやっているようですし金銭面で苦しい。城崎は妻を殺害後、死体遺棄についてだけは片桐に頼んだ。城崎自身は車を全く別の綾部市に向かわせ、捜査をかく乱するというものです。つまり遺体の場所は片桐しか知らない。とはいえ城崎が不起訴になった以上、捜査はやり直し。別の可能性を追うことになると、それまで綾部市に集中していた捜査が、自分が隠した遺体の場所にも及びかねない。不安に駆られて遺体を移動させようとするかもしれません」

「……いい線はついているがな」

褒められたのかどうか、微妙だった。

片桐のカローラは山科中央公園の方へと進む。自宅はこちらで間違いはない。しかし一瞬目を離した時、片桐は狭い路地に入った。

しまった……祐介は急ブレーキを踏む。

「焦るな、まだ気づかれてない」

小寺の言葉で我に返る。小寺が片桐の車が向かいそうな道を示し、そこに最短距離で向かった。指示がよかったようで、見失ったのは二分ほどだった。

片桐のカローラは意外な方に向かった。

自宅とは逆に西大津バイパスを通って滋賀県の皇子山《おうじやま》に出たのだ。しかしどこによるでもなく、今度は山中越《やまなか》と呼ばれる三〇号線を通って京都市内に戻った。祐介は距離をとりつつ、しっかりと後を追う。ドライブというにも不自然な動き。明らかに異常なルートだ。

小寺はじっと腕を組んでいた。相変わらず細い目で、前を行くテールランプを見つめている。片桐のカローラは白川通を右折、丸太町通へと入っていく。山の中ではなくむしろ京都市内の中心部に向かう動きだ。鴨川に沿うように南へと向かい、橋を渡った。夜桜を楽しむ学生たちの姿が多く見られる。

「遺体の場所に向かうんですかね？」

「川上、おかしいとは思わなかったか」

返ってきたのは問いだ。

「さっき話しただろ？　今日、公衆電話から警察に電話をかけてきた目撃者のことだ。こいつは『メゾン天神川』近くに住んでいて、あの日、あの時間、城崎のBMWを見たと電話をかけてきた。こいつがもっと早く教えてくれていたら、こっちももっと強く迫れた。何故このタイミング、しかも匿名にする必要があったと思う？」

「それは……殺人事件なら余計な情報を流すと、お礼参りされかねない。あまりかかわり合いになりたくない、と思ったからでしょう？」

「それが普通の解答だ。けど俺はここにこそ、ポイントがあると思っている」

祐介はよくわからずに、小首を傾げた。

ふうと息を吐き出してから、小寺は話を続けた。それは五年前に戻り橋外科で起きた医療過誤事件の詳細についてだ。中村文子という女性はガンではないのに胃の手術を受け、その措置を誤ったことにより死亡したとされる。しかしカルテが都合よく紛失するなど、ハッキリと城崎を刑事事件として立件できる証拠は見つからなかったらしい。

「中村さんのご遺族は、お母さんだけだったが、先日亡くなった」

知らない事実だった。とはいえ、こんな話をしても意味はないだろう。

「正確にはもう一人、遺族と呼べる人物がいた」

小寺は話を続けていたが、右京区まで来て前を行くカローラのスピードが落ちた。祐介もゆっくりとブレーキを踏む。カローラは御池通を左折し、コンビニの駐車場に停まった。祐介は左端に車を寄せた。ここからなら気づかれないだろうし、コンビニはよく見える。小寺は府警本部に連絡を入れていた。かなり真剣に話している。

その時、カローラの扉が開き、片桐は車を降りた。

コンビニに向かうことなく、小走りに細い道へと入っていく。小寺は電話を投げ捨てるように切った。

「よし行くぞ、川上」

意を決したような小寺を祐介は黙って追った。それにしてもこんなところに何があるのだろう。遺体があるというのか。信じられないが、ここは事件現場となった『メゾン天神川』から歩いて行けるほどの距離だ。しかし片桐は『メゾン天神川』へは向かわず、手袋をはめると、電話ボックスへと入った。祐介と小寺は物陰からその様子を見つめる。

「さっきの話の続きだがな、川上」

小寺が話しかけて来た。片桐は電話に必死になっているようで気づく気配はない。

「すみません、何でしたっけ？」

「遺族の話だ。亡くなった中村文子さんには母親の他、だいぶ年上の恋人がいたらしい。近いうちに結婚したいと話していたとか。そしてお母さんの話では、その恋人は片桐寛市という男だったそうだ」

声を出しかけたが、何とか飲み込んだ。

五年前に医療事故で死んだ中村文子と片桐が恋人関係？　これは偶然とは思えない事実だ。だがおかしい。だったら何故、片桐は城崎に協力する？　恨みこそあれ、全く逆ではないか。いや、ひょっとして……。

「覚えているか？　城崎が自白した時に言っていたことを。城崎は自宅の早苗さんの部屋から隠れている居場所のメモを見つけて『メゾン天神川』に向かったと言っていた。だがそんなメモがあるなど不自然だと思わないか？　それとマンションの鍵だ。城崎は開いていたと言っていたが、針金をこじ入れて強引に開けた跡があった。あれだけすべてを認めた状態で何故嘘をつく？」

口元を押さえつつ、祐介は考えていた。

中村文子と片桐が恋人関係という事実をもとにすれば、この事件は理解できる。殺された城崎早苗も当時、戻り橋外科の看護師であったこと、片桐が五年前にセキュリティ会社を辞め、検体集配の会社に再就職したこと、鍵に関する証言と現場の不一致、城崎が不起訴になった後、急に公衆電話から匿名で電話がかかってきた事実、片桐が公衆電話を使っていること……すべてが一つの糸につながっていく。そうするとあのメモを書いたのは誰だ？　城崎の自宅に自然に入り込み、妻の部屋に置けるのは？

思考は反転していた。そうだ。あそこにメモを置ける人物はごく限られてくる。城崎と親しく、自宅内である程度自由に動けるほど信頼されている者、それは日頃から仕事で関係があってあそこで今、電話している片桐くらいだ。そしてその理由はおそらく……。

「終わったようだ」

片桐はきょろきょろと辺りをうかがってから、車を停めてあるコンビニへと向かう。しかしその前に小寺が立ちふさがった。祐介は背後に立ち、挟みこむ格好になった。

「府警本部へ電話されていましたね？　片桐さん」

小寺が声をかけた。祐介も言葉をつなぐ。

「今日、目撃情報をくれたのも、あなただったんですね」

片桐は小寺と祐介を交互に見回し、口を半開きにした。

「今、本部に確認しました。その公衆電話から城崎に関する詳しい情報の提供があったようです。こちらとしましてはありがたいのですが」

片桐の手が小刻みに震えている。その震えが足に伝わったようで、ひざが笑っていた。

祐介は今、はっきりとこの事件の真相について確信した。この事件、城崎早苗を殺した犯人は城崎で間違いがなかった。しかしもう一人、犯人がいる。それはこの片桐だ。彼は恋人の件で恨みのあった城崎夫婦が許せなかった。城崎早苗が隠れすむマンションを突き止めた片桐はメモを置くことで城崎を妻のマンションに走らせ、先回りして中に入れるよう事前に鍵を開けておいた。そして証言によって逮捕させようとした。不起訴になった後は匿名で電話。殺人教唆、あるいは幇助《ほうじょ》……そう呼べるのかどうかは微妙だ。

今回の電話は予想できた。録音されているし、声紋で片桐の声だと鑑定可能だ。おそらく片桐は焦っていたのだ。せっかく城崎を焚《た》き付けて凶行に走らせたのに、不起訴処分では何の意味もない。だから情報を漏らした……。

「詳しくお話を聞かせていただけますね」

祐介は片桐を見下ろす。片桐はおかしな声を上げると、全身の力が抜けたようにアスファルトの上にへたり込んだ。

4

市内の桜が葉桜に変わった頃、事件は完全な決着を見た。

綾部市山中から城崎早苗の遺体が発見されたのだ。公衆電話からの情報で遺体の場所が詳しく知らされた。片桐はあの夜、城崎の行動をほぼ把握していたらしい。城崎が遺体を自宅に埋めようとした後、車で後をつけ、遺体の場所についても知っていたという。同じ場所に彼女を殺したナイフも埋められていた。ナイフには城崎の指紋が付着。死体遺棄の件で不起訴になった城崎は、改めて殺人罪で逮捕された。今は完全に容疑を認めている。
祐介は小寺と共に、片桐の取り調べに当たっていた。

「では片桐さん、あなたはあのメモを置いた際、こうなることを予見していたんですね?」

小寺の質問に、片桐はええと答えた。公衆電話の時とは違って、吹っ切れたのか、よどみなく答えていく。

「百パーセントではありませんが、そうなって欲しいと思っていましたよ。城崎は妻が家出したのは、友人にそそのかされたと信じていました。その怒りが捻《ね》じ曲がって奥さんへの暴力に向かうことは予見できました。というより意図していました。だからあの日も城崎より先回りし、メゾン天神川の鍵を開けておいたんです」

長くセキュリティ会社に勤めていた片桐なら、造作もないことだろう。

「奥さんの友人と言ってますが、あれは……」

「ええ、わたしの創作、でっち上げです。仲たがいを利用して、憎悪を煽《あお》るために吹き込んだんですよ。彼の自宅によく出入りしていた際、暴力に耐える必要はない。いいところがあるとわたしが城崎早苗に家出するよう焚き付けたんです。わたしはあの女も許せなかった。五年前の医療過誤事件の後、検体集配の会社に就職したわたしは文子の死について徹底的に調べました。責任者は城崎ですが、直接ミスをしたのはあの女だとつきとめたんです。とはいえ罪に問えるほどの証拠はない。わたしの罪は殺人に関する教唆犯、あるいは幇助犯というところですか」

片桐は自分のことなのに客観的に分析していた。

祐介が不審に思ったのは、城崎が不起訴になるまで遺体のことについて話さなかった理由だ。片桐からすれば城崎を殺人犯にしたかったわけで、遺体について自分から話せばよかっただろうに。だがその問いに、片桐は首を横に振った。

「遺体の場所を証言するには、わたしが城崎の後をつけたと証言しないといけないでしょう？　お得意様なのに、どうしてそこまでするのかと必ず突っ込まれます」

なるほど。教唆・幇助行為が露見するのを恐れたからというわけか。

「まあ、城崎が埋めたのは、大きな木の近くでしたし、わたしの証言なしでも遺体はすぐに見つかると思っていましたしね」

警察の捜査に関する皮肉めいたセリフに、小寺は苦笑いで応じる。ただ遺体の発見は素人が思うほど簡単ではない。それとこういう犯罪は珍しい。教唆犯や幇助犯の場合、普通は正犯が教唆・幇助について知っているものだからだ。片面的教唆・幇助と言われるが、直接人を殺した城崎がそのことを知らないということが、この事件をややこしくした。

「ただね、刑事さん。わたしだって文子を医療事故で亡くしただけなら、ここまで恨まなかった。問題は会社を辞め、連中に近づいた後なんです。あいつらは文子のことなど、全く反省していなかったんです。わたしがあの事件について振っても、誰だそれはって感じでね。人一人殺しておいて、その死を気にかけるどころかあいつらは……」

話す途中で片桐は嗚咽《おえつ》した。

「人の命を何だと思ってるんだ！」

祐介は調書を作成しつつ、犯罪者である彼に同情している自分に気づく。片桐にしてみれば、最後の電話はかけなくてもいいものだった。自分への疑いを深めるものだから。しかし城崎への怒りがそうさせたのだろう。詰めが甘いようだが、片桐は心のどこかでばれてもいいと思っていたのではなかろうか。小寺はそういう犯罪者の感情を読み切っていた。

やがて取り調べは終了した。

休憩中、祐介は小寺と共に外に出た。遠くでは桜だ桜だと、学生たちが競馬新聞を手に騒いでいる。しかしすでに葉桜。少しばかり時期が遅過ぎる気がしたが、騒げればそんなこと、どうでもいいのだろう。

前回とは違い、被疑者二人が協力的だ。何の波乱もなく終わりそうだ。片面的な教唆・幇助が認められるかは、裁判所の判断を俟《ま》たなければわからない。しかし片桐が認めていることが事件のすべてであるように思う。

小寺は煙草をくゆらしていた。

それにしても見事なものだと思う。不起訴になったというあの状態、普通ならあそこで諦めてしょんぼりしてしまうところだろう。それなのに小寺は不屈の闘志と推理で逆に事件の真実に迫った。安田署長などは昭和の遺物と馬鹿にしているが、さすがは京都府警捜査一課のベテランだ。

「花を持たせてくれたようだ」

葉桜を見上げげつつ、小寺はつぶやく。

祐介は花という部分をなぞった。どういう意味だろう。この事件はおそらく小寺が解決した中でも、指折りの事件として記録に残るのではなかろうか。城崎を逮捕することはできても、普通、片桐の犯意には気づくことはない。

「ウチの捜査一課係長が言っていた。不起訴になったという一報と同時に、地検の横井副部長が頼んだらしい。不起訴にするが、この線で捜査は続けて欲しいと」

「え……横井副部長が？」

「この事件、現状でも有罪に持ち込める可能性が高い。しかしそれでは背後に隠れた犯人を炙《あぶ》り出すことができない。だからあえて不起訴にすることで、そいつを泳がす。不起訴にすればその犯人はおそらく動くだろうってな」

「それじゃあテラさん、地検は片桐について、気づいていたんですか」

舌打ちが聞こえ、ゆっくりと小寺は首を縦に振った。

「くそ生意気に……あの若造が」

若造という漏れた言葉に、祐介の背中を冷たいものがつたった。不起訴の決定を知らせたのは横井副部長だという。しかし起訴・不起訴の判断は相談をしたうえで、あくまで担当の検事が行うはずだ。思い出すのは不起訴決定後、地検に単身で乗り込んだ時のことだ。

——気になるのは、このメモです。

真佐人はあの時、城崎早苗の住所が書かれたメモを見せた。これがこの事件のポイントだとまで言った。マンションの鍵のことにも触れた。メモの不自然さについては小寺も取り調べの際に訊いていたし、祐介も不審に思ったが、城崎自白の興奮もあってそこまで深く追及しなかった。あの時は熱くなっていてよく聞いていなかったが、真佐人はすでに真実を見抜いていたのだ。花を持たすとは真佐人がこの事件の手柄を小寺に譲ったことを意味する。あの不起訴判断は保身などというものからは程遠い、極めて攻撃的な一手だったのか。

「食いに行くか、川上」

祐介はせかされて、小寺の後に続く。

「あ、少し待ってください。ちょっとトイレに」

祐介はトイレに駆け込むと、ポケットの奥から汚い紙切れを取り出した。くしゃくしゃだが、伸ばして携帯の番号を確認する。それは破り捨てようとして捨てられなかった真佐人の名刺だった。

午後十一時。祐介は寮に帰ることなく、京都地検の駐車場から三階を見上げた。一番奥の執務室には明かりが灯っている。真佐人はまだ仕事をしているようだ。真佐人はベテラン刑事の小寺に花を持たせた。いちいち格好つけやがるといらだちながらも、今回は認めざるを得ない。自分の誤解でここに乗り込んだことを謝ろうと思い、少し前に電話した。真佐人はもうすぐ終わると言っていたが、あれから一時間以上も経っている。すでに立会事務官は帰ったというのに、嫌がらせのつもりだろうか。

結局、真佐人が裏口から出てきたのは日付が変わってからだった。

「おい、ここだ」

車に乗り込もうとする秋霜烈日《しゅうそうれつじつ》のバッジを呼び止める。

「何の用事ですか、川上巡査部長」

あくびをかみ殺すように真佐人は口元に手を当てた。忘れていたのか演技なのかわからない。真佐人は両腕を組んで、あの事件について少しばかり補足説明をした。

「城崎を凶行に走らせた人間がいることについては、以前から気づいていました。そしてそんな人物は城崎と近い者の中にしかいないともね。片桐が浮かぶのは当然でしょう。

動機に関しても小寺警部補がよく調べてくれていました」

「どうでもいいが、俺に向かって敬語はやめろ、真佐人」

真佐人は目を瞬かせると、口元を緩めた。

「わかった。これでいいか？　アニキ」

離れていた距離が少しだけ近づいたように思う。祐介はあれからどうしていたと兄らしく話を振った。真佐人は簡単に身の上について話す。養父の唐沢洋太郎の影響で検事になったそうだ。

「事件の真相に話を戻すが、何故不起訴にした？」

真佐人はふっと笑った。

「あれだけで片桐を有罪に持ち込むのは極めて困難だったからだ。住所のメモを置くだけではまず罪に問えない。メゾン天神川の鍵を開けた証拠もない。頼みは片桐の自白だけだ。教唆や幇助の確信はあっても、おそらく無理。普通に攻めては口を割ることはない。だから片桐の心をへし折って自白させる必要がある。そう横井副部長を説得したわけだ」

祐介は口を閉ざしたままだ。そのために不起訴にしたのか……二兎《にと》を追って一兎をも得ずに終わることが怖くなかったのだろうか。

「リスクはあった。しかし片桐があそこまでして復讐《ふくしゅう》に燃えている以上、不起訴になれば必ず動くと睨んでいた。片桐は城崎をどうしても有罪に持ち込みたいわけだからな。情報提供して城崎を追い込むためには、捜査本部に連絡しなければいけないが、できればあのメモのように証拠として残る物は避けたい。思い出したと自分で証言してもいいが、それだと自分の真意を見抜かれる可能性がある。二人目の目撃者を装い、匿名で電話するのがベスト。遺体さえ発見させてしまえば、城崎は終わりだからな」

真佐人の説明はさらに続く。祐介は黙って聞いていた。

「連絡方法として公衆電話を使うだろうことは予想できた。一度目の電話では詳しく教えてくれなかったが、二度目で教えると言っていた。だからその現場を押さえれば必然的に彼の心は折れる。片桐は自白した。公判においても認めるだろう。本当はすべてをぶちまけたいと思っていたはずだから」

そこまで読んでいたのか……。取り調べにおいてあれだけ正直に胸の内を吐露する以上、片桐はすべてに納得しているのだ。これはある意味、片桐を救ったということでもある。大したものだとは思うが、そこまで褒めるのは胸糞《むなくそ》が悪い。

「それで何の用だ？　アニキ」

祐介はいらだちつつも、以前押しかけたことに対する謝罪のつもりで軽く頭を下げた。ただしニワトリがエサをついばむように、瞬間的なお辞儀だ。真佐人にはそう見えなかったようで、何の真似《まね》だ？　と聞いて来る。いや、本当は気づいているのではないか。

こいつ……。

「何でもない。調子に乗んなと言いに来た」

謝罪とはまるで違った言葉が口を突いて出た。

「はあ？　なんだそりゃ」

真佐人は両手を広げた。祐介は背を向けて歩き出す。まあいいさ。否《いや》が応《おう》でもまた会うだろうし、その時に言えばいい。とにかく今日は来てやっただけでもありがたく思え。

祐介は煙草をくわえると、ポケットに両手を突っ込んだ。

弁護側の証人

丸山正樹

丸山正樹（まるやま・まさき）

一九六一年東京都生まれ。早稲田大学第一文学部演劇科卒。シナリオライターとして活躍したのち、二〇一一年に『デフ・ヴォイス』により小説家デビュー。著書に『漂う子』『刑事何森　孤高の相貌』『ワンダフル・ライフ』など。

十月の声を聞いた途端、あれほど厳しかった残暑が嘘《うそ》のように涼しい風が吹くようになった。薄手のジャケットだと首の辺りが肌寒い。もう少し厚着をしてくれば良かったかと思いながら、荒井《あらい》は駅までの道を急いだ。

今日の仕事は家電量販店での買い物通訳で、依頼者は三十代の男性。今週はほかにも学校での三者面談と電話通訳と、珍しく地域からの依頼が相次いでいた。このうち今日の仕事を含めた二件で、「『日本語対応手話』でお願いします」と指定されていた。

「日本語対応手話」とは、日本語に手の動きを一つ一つ当て嵌《は》めていくもので、元々は手話を学ぶ聴者のために生み出されたものだ。昔からろう者が使い独自の文法を持つ「日本手話」に比べ、習得が容易であることから、中途失聴者や程度の軽い難聴者でも使う者は多い。

でも今日の依頼者は先天性失聴者なんですよね、と訝《いぶか》る荒井に、市の福祉課の職員は、「高校から普通校のインテ組で、親は聴者であるため日本手話はほとんど使えないそうです。口話《こうわ》もある程度できるようですが、込み入った会話はやはり手話でしたいということで」

と答えた。

「なるほど、分かりました」

荒井には、それだけ聞けば事情は分かる。インテとは、インテグレーション（統合教育）の略だ。「ろう学校」で教育を受けた生徒が途中から普通校へ転校して学ぶケースを、符牒《ふちょう》的に「インテ組」と言ったりする。そういう場合は先天性失聴者であっても、親がろう者だったり、ろう者コミュニティに参加したりしない限り、日本手話を習得することは難しい。

《今日はじっくり選んで買いたいのでよろしくお願いします》

量販店の入り口で落ち合った依頼者は、使う対応手話こそ丁寧だったが、店員に商品の特徴の違いを細かく尋ねたり、値段交渉したりと、かなり面倒な通訳を要求してきた。

それでも荒井は難なくそれをこなした。

《ありがとうございました。いつもの通訳さんより上手で助かりました》

別れ際に礼を言われ、ほっと息をつく。市の担当者も、「荒井さんは臨機応変に対応してくれるから助かります。またろう者の通訳は荒井さんに頼みますので、よろしくお願いします」と電話口で機嫌の良い声を出していた。

こちらこそまたお願いしますと電話を切ってから、荒井の脳裏にふと一人の女性の顔が浮かぶ。

〈そういう人は「ろう者」とは呼ばない〉

あの人だったらきっと、そう言うだろうな。

今回のケースのように、最近は先天性の失聴者でも日本語対応手話を使う者も少なくない。その違いをさほど意識しない者もいるだろう。荒井は、そのことに一抹の寂しさを覚えている自分を感じた。

『日本手話はDeaf＝ろう者の母語であり、ろう者とは、日本手話という、日本語とは異なる言語を話す、言語的少数者である』

かつて彼女たちが高らかにそう宣言した時、「部外者」にすぎなかった荒井はその動きを遠巻きに見ているだけだった。それがいつの間にか、日本手話を使う機会が少なくなるのを寂しく思うとは。自分自身が以前とは違っていることを、いや応もなく感じるのだった。


東京都手話通訳士派遣センターの田淵《たぶち》から依頼があったのは、地元での通訳依頼が一段落した週末のことだった。

「今度のは司法通訳なんです」

開口一番、田淵はそう言った。

「刑事裁判の法廷通訳です。被告人はろう者です。この件は是非荒井さんにお頼みしたいんですけど。都合つきますか」

まずは日程を訊《き》いた。第一回の公判日には予定は入っていない。

「大丈夫だと思います。とりあえず資料を送ってください」

「ありがとうございます。すぐにお送りします。是非お願いします」

田淵は再度念を押し、電話を切った。

司法通訳――法廷通訳や取り調べの通訳は、手話通訳者の中でも「通訳士」の資格を持っている者しかできない。もちろん都内に登録通訳士は何百人といるから荒井のほかにも適任者はいるはずだったが、田淵が是非にと頼んでくるにはそれなりの理由があるのだろう。

正式な依頼のメールはすぐに届いた。添付されていた資料に目を通す。

林部学《はやしべまなぶ》という四十代のろう者が被告人となっている強盗事件。弁護人は片貝《かたがい》であり、社会的弱者の救済を目的とするNPO法人「フェロウシップ」が支援している事案だった。

荒井の思考は、そこでいったん止まった。なるほどそういうことか……。しかし頭を切り替え、続きを読む。

罪状は、居直り強盗。都内在住の村松《むらまつ》という資産家の家に空き巣に入ったが、金のありかが分からずもたもたしているうちに当家の主である村松が帰宅してしまった。侵入者の姿に驚き叫んだ村松に、「騒ぐな、金を出せ！」とナイフを突き付け、金庫を開けさせ現金百万円を奪って逃げた、というのが公訴事実だった。

被害者の証言として、犯人は帽子にマスクをしており、ブレーカーが落とされていたのか電気も点《つ》かなかったため顔は認識できなかった、とあった。

逮捕・起訴された経緯は――。現場から採取された指紋を照合した結果、空き巣の前科があり、半年前に電気配線工事で被害者宅に出入りしたことがあった林部が被疑者として浮かんだ。被害者の証言にあった犯人の背恰好《かっこう》と似ていること、事件当日のアリバイもないこと、最近急に金回りがよくなったという周囲の証言があったことなどから任意で事情を聞き、犯行を自供したとして逮捕、起訴されたのだった。

この時点でフェロウシップが支援に乗り出し、顧問弁護士の片貝が弁護人となったようだった。

すると、林部は一転して起訴事実を否認。村松宅に配線工事で行ったことは認めたが、強盗など全く身に覚えがなく、自白は取り調べの際に刑事や検事に誘導・強要されたものだとして「無実」を主張した。公判前整理手続でも検察側と弁護側の意見は真っ向から対立し、否認事件として裁判が開かれることになった――。

荒井はしばし考えてから、田淵に電話を返した。

「概要は分かりました。被告人に面会はできますか。どんな手話を使うか知りたいんです。特に今回は」

田淵も、「分かります、今回の争点はそこになるでしょうからね」と同調した。

「でも、残念ながら今回は被告人に面会はできないんです。否認事案ですので、通訳といえど予断は避けなければなりません」

「それは分かりますが……」

ではどうする。林部がどんな手話を使うか――片貝たちに訊けば分かるだろうが、もちろん被告人の支援・弁護をしている側と接触するわけにはいかない。

その時、田淵がその人の名を出した。

「冴島《さえじま》さんに訊けば……」

「冴島さん？」

思わずオウム返しにしてしまう。ついこの間、彼女のことを思い出したばかりだった。

「ええ、冴島さんは被告人のことはよくご存じのようです」

「なるほど……」荒井は肯《うなず》いた。

冴島素子《もとこ》。かつて先鋭的なろう者グループ「Ｄコム」の代表としてろう者の権利確立のために活動し、今でもデフ・コミュニティに大きな影響力を持つ女性。確かに彼女なら知っていてもおかしくない。

「分かりました。連絡をとってみます」

「あくまで手話についてだけにしてくださいね。事件のことは話さないでください」

「もちろんです」

「ではその件はお任せします。引き受けていただけるということでいいんですよね？」

最後に田淵は念を押した。

迷いがなかったわけではない。冴島素子やフェロウシップと再び関わることに、少なからずためらいがあった。だが今回の事案は、荒井にとってもやり過ごすことのできないケースだった。

「はい、お受けします」

「良かった。では詳しいことは改めてご連絡します」

電話を切ってから、荒井はもう一度田淵から送られてきた公訴事実に目をやる。否認事案という点を除けば、さほど珍しい事件ではなかった。

しかし荒井は、一つの記述に引っかかっていた。

犯人は、被害者に向かって「騒ぐな、金を出せ！」とナイフを突き付け、現金を奪った。

つまり検察は、被告人が「発語した」と言っているのだ。

もちろん、ろう者とて発声ができないわけではない。手話をしながら時折声を出すろう者は少なくないし、声だけでなく「発語」できる者もいる。現に、中途失聴者ではあるものの現在は完全に「聴こえない」片貝も、上手に「口話」を使う。

だがこの林部という被告人が、本当に「金を出せ」と言えたのか。それは、林部がどんな風に育ち、どんな教育を受け、現在どういう「言語」を使うかにかかっている。

荒井が、被告人の使う手話をどうしても知りたい、と思ったのはそういうわけだった。

翌週、荒井は久しぶりに障害者リハビリテーションセンター、通称リハセンを訪れた。

午前中から強い風が吹いており、最寄り駅から続く並木道には落ち葉が舞っている。

リハセンに併設されている様々な専門職員の養成・研修施設である「学院」内の手話通訳学科専任教官。それが現在の冴島素子の肩書だ。彼女に会うのも二年振りになる。

エレベータで手話通訳学科のある三階まで上がった。目当ての教官室にたどりつく前に、開け放した窓から教室の中が見えた。一人の学生が立ち上がり、手を動かしている。教官らしき女性がすぐにそれに手話で応える。ここで学ぶのは、ほとんどが手話通訳士を目指す聴者たちだ。荒井の「同僚」にも学院出身の者が大勢いた。

教官室も、他の部屋同様ドアは開けっ放しだった。ノックの必要も、「失礼します」

などと声に出すこともない。奥の席でパソコンに向かっている冴島素子の姿が見えた。その視界に入るように足を踏み出す。冴島の隣にいた男性が先に気づき、こちらに会釈するとともに隣の机をコンコン、と叩《たた》く。振動に素子が顔を上げる。荒井を認めたその顔に笑みが広がり、開いた手のひらの親指側を額の辺りに置いてから、前へ出した。〈やあ〉〈こんにちは〉。昼でも夜でも、ろう者の挨拶はこれ一つで事足りる。荒井は、手の動きは同じながら少し肩を丸め、体をかがめ気味にして返した。同じ〈こんにちは〉でも、これで目上の者に対する敬意を表す。

素子が、手前の応接スペースを指した。改めて〈ご無沙汰して……〉と手を動かそうとしたが、彼女はいいから、というように遮り、座るよう促した。

〈用件というのは裁判の件でしょう。林部さんの〉

刑事裁判に関わることだけに慎重に切り出さなければ、と思っていた荒井は、冴島の方からその名を出してきたことに拍子抜けした。

〈ご存じでしたか〉

〈派遣センターの田淵さんから、あなたに法廷通訳を頼んだ、というのは聞いていたから〉

なるほど、それなら話は早い。

〈林部さんは、先天性失聴者ですか〉

荒井の問いに、素子は、人差し指と親指を二度、付け合わせる。「肯定」を表す手話だった。

〈使用するのは「日本手話」ですね〉

〈そうね〉

素子は再び同じ手話で答えた後、こちらに向けた手のひらを裏に返した（＝でも）。

〈ネイティブ・サイナーというほど上手ではない〉

生まれながらの失聴者ではあるが、ネイティブほど手話はうまくない。その意味はすぐに分かった。この前担当した依頼者と同様、親は聴者なのだろう。幼児の頃から自然に身に付けたのではなく、成長する過程で手話を取得した。そこまでは同じでも、林部は「日本手話」を話す。早い段階でろう者コミュニティと接するようになり、そこで覚えたのだろう。

〈裁判では難しい専門用語も出てきますが、その辺りも大丈夫でしょうか〉

〈それは大丈夫でしょう。片貝さんもついてるし。ネイティブ・サイナーほどじゃないとは言っても、そこらの手話通訳士よりはよほど上手よ〉

そう言って、素子は破顔した。

荒井は苦笑まじりに答える。〈冴島さんが言うと冗談に聞こえないですよ〉

〈あら、こういうのは冗談じゃなくて皮肉って言うんじゃなかったかしら〉

素子はもう一度笑顔を見せる。口ほどには人は悪くない。長い付き合いの荒井は知っている。だがこういう物言いに反発する「手話関係者」は少なくなかった。

〈ありがとうございます。それだけ聞ければ十分です〉

礼を言って荒井が立ち上がろうとすると、素子が待って、というように手を出した。

〈急いでるの？〉

〈いえ私は。冴島さんがお忙しいかと〉

〈もうすぐ来客があるんだけど〉

〈ではなおのこと〉荒井は再び腰を浮かした。

〈あなたも知ってる人だから〉

そう言った素子の視線が、荒井の後方に動いた。

〈来たわ〉

振り返ると、教官室の入り口で驚いたようにこちらを見つめている女性の姿が見えた。

以前は頭の後ろで結ばれていた長い髪は肩先で切りそろえられ、いつもトレーナーなど活動的だった服装からシックなロングスカートへと装いは変わったが、相手を真っすぐに見つめる視線にぴんと伸びた背筋は以前のままだ。

二年振りに見る、手塚瑠美《てづかるみ》の姿だった。

いつものように六時半からのテレビアニメがスタートした。毎週木曜日に放映されている「龍使《りゅう》いの少年」が主人公のそのアニメが始まると、美和はテレビにくぎ付けになる。この間にみゆきに話しておこうと、切り出した。

「今日、用事があって冴島さんのところに行ってきたんだけど」

「あら、そう。冴島さん、お元気だった?」

「ああ、彼女は相変わらず」

おや、という風にみゆきがこちらを見る。やはり彼女は勘がいい。荒井の微妙な言い回しに気づいたのだ。間をおかずに続ける。

「そこで瑠美さんにも会った。冴島さんに用があったらしい」

「……そう」

みゆきは荒井のことを見つめたまま、「瑠美さんは、いかが?」とさりげない口調で尋ねた。

「うん、まあ元気一杯というわけにはいかないだろうけど」

少し早口気味に、「でも変わりはなさそうだった。あまり話してないから分からないけど」と続ける。

「あまり話さなかったの?」みゆきが重ねて訊いてくる。

「ああ、彼女もほかの用事で来てたし、俺もちょっと急いでたからね」

「そう」

みゆきが、窺《うかが》うように荒井のことを見た。本当に？　とその目が言っている。

半分は本当で、半分は嘘だった。二言三言しか会話を交わさなかったのは事実だったが、自分が急いでいたというのは違う。瑠美と冴島の用件というのもさほど重要なものではなさそうだった。いや、もしかしたら、と荒井は思っていた。瑠美との約束があったのは本当だとしても、あの時間に呼び寄せたのは荒井が来るのに合わせたのではないか。あるいはその逆で、瑠美との約束と同じ日時をあえて指定したか。いずれにしても「偶然」のはずはない。

「瑠美さん、またフェロウシップの活動に戻ったの？」みゆきはさらに尋ねてきた。

「いや、あそこからは離れたままらしい」

「じゃあ、ご実家に帰ってるのかしら」

「みたいだね。聞いたのはそれぐらいかな」

話は以上、と食卓に箸を伸ばした。実際、それ以上のことは知らない。瑠美が今、どんな生活を送っているのか。なぜ離婚したのか。そういうことは一切話さず、互いに無沙汰を詫《わ》び、荒井はみゆきと美和の、瑠美は手塚夫妻や門奈《もんな》夫妻の、それぞれ身内の息災を報告し合っただけで「ではまた」と別れたのだった。

みゆきも、それ以上は訊かなかった。そもそも、彼女との間で瑠美のことが話題になることはほとんどなかった。半谷《はんがい》との離婚が週刊誌などで取り上げられた時にはさすがに「事情を知っているか」ぐらいは尋ねられたが、荒井が何も知らないと答えるとそれで終わった。

元々みゆきは他人のゴシップめいた話には興味を示さないタイプではあった。それでも関心がないはずはない。だが尋ねなかった。今もまた、訊きたいことはあるに違いないが、胸の内に収めているのだろう。それを良いことに、荒井も多くを語らない。

気まずい時間をやり過ごしながら、なぜなのだろう、と考える。なぜ瑠美のことになると、自分とみゆきはこんなにナーバスになってしまうのか。

一度だけ、瑠美のことを話題にしたことがあった。みゆきが二人の仲を邪推しているのかと思い、互いに恋愛感情のようなものは全くない、とはっきり告げた時のことだ。

「うん、それは分かってるの」

みゆきは、荒井の顔を見ずにそう言った。

「だけど……ううん、だから、なのかな。だから嫌なのかもしれない。恋愛感情がないのに、なんか分かり合ってるみたいなのが」

そして、ぽつりと言った。

「それって、すごい特別なことじゃない」

それ以来、みゆきが瑠美のことを口にすることはなくなった。おそらく、つまらぬ嫉妬心を抱いてしまうことに自己嫌悪を感じたのだろう。だがわだかまりが消えたわけではない。それは分かっていた。

すごい特別なこと。

彼女の言うことは当たっているのかもしれない。瑠美と話していると、心が落ち着くのを感じる。おそらく瑠美の方も。それは、相手が自分のことを一番理解してくれる存在だと知っているからに違いない。

「アラチャン」

声がした方を見ると、美和がテレビを指さしている。画面には、アニメの主人公が操るそれの数倍もある巨大な龍が映し出されていた。美和が、右の人差し指と中指の先を左の手のひらにつけた状態からパッと離した。〈驚く〉という意味の手話だ。

〈何に驚いたの？〉荒井も手話で訊く。

〈あの子のお父さん〉〈龍だったの〉〈あの子、龍の子供だったの〉

たどたどしくはあるが、美和は荒井直伝《じきでん》の日本手話で続けた。〈だから〉〈龍を自由に扱えるんだね〉

〈へー、そうなんだ〉

〈もしかしたら〉〈あの子も〉

「ねえ、二人だけで話すのはやめて」みゆきが割って入った。

美和は動きを止め、「お母さんも手話をおぼえればいいのに」と口を尖《とが》らせて再びテレビへと顔を戻した。

「忙しくてなかなか覚えるヒマがないの、分かってるでしょう」

みゆきもまた、尖った声を出した。美和は不満そうにテレビから顔を動かさない。

美和は日々の合間に荒井と手話で会話することで、少しずつ、しかし着実にそれを自分のものにしていた。だが、みゆきとそういう時間をとることはなかった。

そのことに不満があるわけではない。必要になったら覚える、それでいい。荒井が気になるのは、そこにみゆきの別の思いを感じるからだ。

自分がいくら手話を覚えても、荒井たちと同じようには使えない。いやいくら手話がうまくなろうと、おそらく永遠に彼らのことは分からない。自分は真の意味での「仲間」にはなれないのだ、と。

ましてや、コーダのことなど。

みゆきが瑠美に対して抱く感情の元はそこにある。瑠美は、荒井と同じ境遇の元に生まれ育っていた。

彼女もまた、コーダ――Children Of Deaf Adults。「聴こえない親から生まれた聴こえる子供」だったのだ。

林部の第一回公判の日がきた。

荒井が東京地裁の小法廷に入った時には、すでに林部は被告人席に座っていた。体型は荒井と同じく中肉中背。髪は短髪が少し伸びた程度で、あまり手入れされた様子はなかった。トレーナーとコットンパンツの上下は真新しいもののように見える。おそらくフェロウシップの支援によるものだろう。緊張のためか顔色はやや青白かったが、勾留やつれのようなものは感じさせなかった。

弁護人席にいた片貝と目が合い、黙礼を交わす。元から痩せ気味だったがさらに細くなったように見える。だが彼が外見とは裏腹の大食漢で酒豪であることを荒井は知っていた。

荒井は、裁判官席の斜め前に設けられた通訳人席に向かう。すでに検察官も着席しているのを確認してから、傍聴席に目を移した。最前列には記者らしき男女が一名ずつ。ほかに林部の仕事関係者だろうか、揃《そろ》いの作業着姿の男性が数人陣取っている。小さな事件とあって、傍聴人もまばらだった。

開廷時間になり、法服姿の裁判官が現れた。検察官や弁護人だけでなく傍聴人も一緒に起立して迎える。書記官と並び荒井も立ち上がり、一礼した。今回は強盗事件であるとともに否認事案であるため、三名の裁判官による合議体だった。これが「強盗致傷」などになれば裁判員裁判となる。

全員が着席したのを見て、裁判長が開廷宣言をした。

「被告人は前に」

その「音声日本語」を、荒井は被告人席に向かって「日本手話」で伝える。林部がそれを見て中央の証言台へと歩み出た。裁判は「人定《じんてい》質問」から始まる。裁判長が林部の住所、氏名、職業、生年月日などを尋ねる。荒井はそれを手話で表し、最後に〈間違いないですか?〉と確認した。

林部の手が動く。〈はい、間違いありません〉

なめらかな日本手話だった。荒井がそれを通訳するのを聞いて、裁判長が肯いた。

「それでは、これから検察官に起訴状を朗読してもらうのでよく聞いていてください。それでは検察官、お願いします」

「はい」

検察官が立ち上がり、公訴事実と罪名・罰条の朗読を始めた。

荒井はそれを同時通訳する。林部は表情を動かすことなく荒井の手話を見つめていた。

内容は前もって読んだ資料とほぼ変わらない。

被告人は、以前に配線工事で訪れたことがあり勝手を知っていた被害者宅に空き巣目的で侵入し、物色している最中に被害者が帰宅してしまったことから「居直り強盗」と化し、ナイフで被害者を脅し現金を奪って逃げた。罪名・強盗。罰条・刑法二三六条。

「……以上の事実についてご審理願います」

検察官が着席すると、公訴事実の記載内容についての釈明を経て、罪状認否に入る。

「審理に入る前に、被告人に注意しておくことがあります。あなたには黙秘権というものがあり……」

被告人に対する「黙秘権等の権利の告知」。荒井は、それを手話で伝える。以前担当した裁判で、この「黙秘権」について理解できないろう者の被告人がいて裁判が途中で止まったことがあった。今回は片貝らが付いているからまず大丈夫だろうとは思いながらも、慎重に手話表現をした。

〈……逆に被告人がこの法廷で述べたことは有利であれ不利であれ証拠となります。この点を十分注意して述べてください〉

荒井の手話を見て林部は小さく肯いたが、念のために確認した。

〈今言ったことの意味が分かりますか?〉

林部ははっきり〈分かります、大丈夫〉と答えた。荒井は裁判官に向かって「『理解しました』と言っています」と伝えた。裁判長は肯いて続ける。

「それでは、今検察が述べた公訴事実に、何か間違いや言い分はありますか」

荒井がそれを通訳すると、林部は〈あります〉と答えた。そして続けて言った。

〈私は、強盗などやっていません。無実です〉

公訴事実の全面否認——。

予想していたこととはいえ、その断固たる手話に、荒井は身が引き締まる思いだった。

音声日本語でその通りに伝える。

「私は、強盗などやっていません。無実です」

傍聴席から「そうだ！」と小さな声が上がった。裁判長がじろっとそちらの方を睨《にら》む。

作業着の男たちがしまった、という顔をして頭を下げている。前の席の記者が驚いた顔でメモを取っているのが分かった。

裁判長は粛々と続けた。「弁護人はどうですか？」

片貝が立ち上がり、手を動かした。中途失聴者の片貝は日本語対応手話を使う。

《弁護人の意見も被告人と同様です》

「弁護人の意見も被告人と同様です」片貝の向かいに座ったスーツの男性が、音声日本語で通訳をする。ＮＰＯの方で用意した片貝専属の手話通訳者だ。片貝は口話もうまかったが、法廷ではやはり慎重を期して手話を使用するようだ。荒井も林部に向けて同じ言葉を日本手話で伝える。

「……よって被告人は無罪です」

通訳された片貝の言葉を、検察官は苦々しい顔で聞いていた。

「分かりました。被告人は被告人席へ戻ってください」

荒井が手話で伝えると、林部は肯き、元いた場所へと戻った。片貝がその肩をぽんぽんと叩く。

「これから証拠調べを行います。まずは検察官、証拠に基づいて主張しようとする事実を述べてください」

「はい。検察官が林部学に対する被告事件について証明しようとする事実は以下の通りです……」検察官の冒頭陳述が始まった。「林部学は長野県に生まれ……」

起訴状にあった犯行の内容を、被告人の生い立ちから始まって、空き巣の前科があること、事件当日の行動、犯行に至るまでの経緯、というように詳細に語っていく。これらもすべて荒井は林部に向かって手話で伝えた。

事件の流れの説明に従い、具体的な証拠が番号付きで示される。今回検察側が証拠申請したのは、被害者の供述調書、被害者宅で採取された被告人の指紋、事件当日被害者宅の最寄り駅に設置された防犯カメラに写っていた被告人に酷似した人物の映像、被告人が事件後に急に金回りがよくなったという知人の供述調書、そして「被告人が罪を認めた」という警察・検察双方の供述調書などだった。

このうち被告人の供述調書に関しては、弁護側から「警察・検察から誘導・強要され虚偽の供述をしたもので証拠としての採用は認められない」と不同意となった。この辺りは公判前整理手続ですでにやりとりされているらしく、代わって取り調べに当たった警察官の証人申請がなされた。

続いて、弁護側の冒頭陳述――。

《検察側が立証しようとした事実について述べます》

片貝は、検察側の主張を一つ一つ否定していった。

一つ、現場で採取された指紋については、被告人が以前に配線工事の仕事で被害者宅を訪れた時についたものである。

一つ、事件当日被害者宅の最寄り駅に行ったことは事実だが、パチンコをしに行った――以前仕事帰りに入った店で大当たりをした経験があったため、これまでも何度か訪れていた――だけで被害者宅はおろかその近辺にも近寄っていない。

一つ、事件があったとされる時間帯には帰宅しており、自宅でテレビを観《み》ていた。観ていたテレビ番組の内容を「字幕付きだった」ことも含めてはっきり覚えており、その事実に疑いはない。

一つ、事件後に金回りがよくなったように見えたのは、知人に貸した金を返してもらい、気をよくして周囲に奢《おご》ったことがある、という程度である。

一つ、最前から主張しているように、自白については警察・検察に誘導・強要されたものであり虚偽である。さらに、聴取時の手話通訳者の技術不足で、警察・検察の言うことがあまり理解できなかったことも付け加えたい。

《そして、被告人が無実である最大の理由は、検察官の冒頭陳述にある、被告人が被害者に向かって「騒ぐな、金を出せ」と言った、ということです》

最後に片貝はそう告げた。

《被告人は、「ろう者」です。「音声日本語」を発することはありません。よって、被告人は犯人たりえません。以上の事実により、被告人は無罪です》

検察官の顔はさらに苦々しさを増したが、片貝は平然と続けた。

《そのことを立証するための証人として、被告人のろう学校時代の担任教師である葛西《かさい》紀一《のりかず》氏を証人申請いたします》

「異議があります。本件とは無関係です」

検察官が立ち上がったが、一種のパフォーマンスだろう。こちらについても公判前整理手続でやりとりはあったはずだ。裁判官は、「被告人が発語できたかどうかを証明する重要な証人である」という弁護側の主張を受け入れた。

「次回公判は、申請された証人に対する証拠調べから行います」

最後に裁判長が、一週間ほど先の次回期日を検察・弁護側双方に確認し、第一回公判は閉廷した。

裁判が終わったのは午後の三時だったから、夕飯の支度には十分間に合った。いつものように駅からの帰りにスーパーに寄り、選んだ食材で献立を練った。

買い物をしながらも裁判の行方がどうしても気になる。荒井が一番引っかかったのは、片貝が林部の「ろう学校」時代の担任教師を証人申請したことだった。その意図が分からない。

林部の年齢を考えれば、当時のろう学校は「口話教育」が主流だったはずだ。特に彼の出身地である長野県は「聴覚口話法《ちょうかくこうわほう》」に熱心だったと聞いている。弁護側は、林部が現在「手話しか使わない」ことを立証しなければならないはずだ。彼が「聴覚口話法」の教育を受けていたことを証言させるのは、むしろ逆効果になるのではないか？

おそらく、検察側も捜査段階でそのことは確認しているに違いない。その上で、「証人として呼ぶまでもない自明のこと」としたのだろう。公判前でさしたる異議を挟まなかったのはそれゆえだ。それなのに、なぜ……？

だが、一通訳士である荒井が気にしてどうなるものでもない。料理に没頭している間は余計なことを考えないで済むのが有り難かった。

その日、学童クラブから戻ってきた時から二人の様子は変だった。いつもは帰ってくるとすぐにキッチンに飛んできて荒井にまつわりついてくる美和が、そのまま子供部屋に引っ込んで出てこない。みゆきの態度もどことなく刺々《とげとげ》しかった。

食事の最中も二人の態度は変わらなかった。普段はうるさいぐらいおしゃべりをする美和が食事中もだんまり。みゆきも黙々と箸を動かすだけだ。

食事が終わってすぐに子供部屋に入っていった美和を見送ってから、荒井はキッチンにいるみゆきに声を掛けた。

「何かあったの」

「……ちょっとね」

今日は私がするから、と始めた洗い物の手を休めず、みゆきは答える。

「何」

「うん……」

答えを急《せ》かさずに待っていると、やがて彼女は水を止め、こちらを振り返った。

「学校に行きたくないって言ってるのよ」

「学校に……」なるほど、そういうことか。「理由は？」

「訊いても答えないの。何でも、だって。行きたくないから行きたくないんだって。何度訊いてもそれの繰り返し」

「……ふむ」

二人の態度には合点がいった。さりとて、原因が分からないのでは対処のしようもない。

「思い当たることは？」

みゆきは首を振った。

「昨日まではおかしなところはなかったでしょう？」荒井に同意を求めるように言う。

「うん……」

おかしい、とまでは言わないが、いつも学童クラブの話ばかりで学校でのことはあまり話さない、ということには気づいていた。だがそれぐらいはみゆきも分かっている。

「まあ行かせるけど」

当然のような口調で言うみゆきに、「うーん、でも……」荒井は遠慮がちに口にした。

「とりあえず様子を見るって手もあるんじゃないか？」

「様子って？」

「明日ぐらい休ませて」

「一度休むと癖になるのよ。保育園の時もそういうことがあったから」

もちろん美和のことは彼女の方がよく知っている。自分などにできることはないのだ。

「……そうだな」

踵《きびす》を返そうとした時、みゆきの声が聞こえた。

「あなたから訊いてくれない？」

「うん？」

振り返ると、懇願するようなみゆきの顔があった。

「行きたくない理由。あなたになら話すかもしれないから」

「いや俺が訊いても」

「訊くだけ訊いてみて。お願い」

そう言われたら、嫌とは言えなかった。

子供部屋のドアを小さくノックする。返事がないので、仕方なく「アラチャンだけど」と言った。

しばらくして、カチャッ、とノブを回す音がした。ドアが僅かに開き、美和が荒井の背後を窺うようにする。

「俺だけ」

美和は肯き、荒井を招き入れた。四畳半の部屋は、彼女の好きなようにコーディネイトされていた。アニメのキャラがプリントされたカーテン。ベッドにも同じ模様の布団がかけられ、小さな勉強机の上にはお気に入りの絵本や図鑑がきれいに揃えられている。

美和は何も言わずベッドに上り、隅っこで膝を抱えた。荒井はベッドの端に浅く腰を掛けた。

「……学校行きたくないんだって？」

美和は何も言わない。

「行きたくない理由も言わないんだって？」

やはり黙ったまま。

「でも、理由はあるんだろう？」

無言。

「アラチャンにも教えてくれない？」

リアクションはない。

荒井はしばし考え、とんとん、とベッドを叩いた。美和の視線がこちらに向いたのを確認して、ゆっくり手を動かす。

美和のことを指さしてから、手のひらを自分の顔に向け両手の肘を曲げた状態で一、二回軽く前に出し（＝学校）、手のひらを下向きにして水平に中央で付け合わせる（＝休む）。そして、「ポ」という口型《こうけい》をつくりながら親指と小指を伸ばし、その親指の方を鼻に付けた（＝どうして？）。

日本手話には「ポ」「パ」「ピ」のように手話口型と呼ばれる独特の口の形があり、手話と共に表出されることで一種の文法的機能を果たす。眉の上げ下げや表情の変化とともに、この場合は全体として〈何で学校に行きたくないの？〉という意味になる。

荒井のことをじっと見つめていた美和は、やがて手を動かした。

〈先生が〉〈嫌なの〉

荒井は親指と人差し指を伸ばし、親指を顎に付けて人差し指を数回動かした（＝なるほど）。

〈今の先生が〉〈嫌いなの〉〈前の先生は〉〈良かったの〉

荒井も手話で返す。〈二年生になって担任替わったんだよな？〉

美和が人差し指と親指を二度付け合わす（＝うん）。

〈一年の時の先生が産休になって、男の担任になったんだよな〉

〈そう〉

〈その先生のどこが嫌なの〉〈何かあったの〉

美和は、縦にした右の手のひらの小指側で下に置いた左の手のひらを二度ほど叩き（＝説明）、親指と人差し指で頰をつねるようにした（＝難しい）。

〈そうか〉

しばらく考えるような仕草をしてから、美和は再び手話で言った。

〈命令ばかりで〉〈説明をしない〉〈それに〉〈言い方も怖い〉

〈なるほど〉

〈前の先生は〉〈注意するとき〉〈例えば〉〈チャイムが鳴っても席に着かない時は〉〈みんなが座らないと授業を始められないから席に着いてね〉〈って言ってくれた〉

〈うん〉

〈今の先生は〉〈ただ席に着けって〉〈大きな声で怒鳴るだけ〉

〈うん〉

〈ほかにもいろいろあるけど〉

荒井は肯いてから、〈言っていることは分かるよ〉と言った。

〈ほんと！〉

美和の顔に初めて表情が宿った。

〈ああ、分かる〉

おそらく、一方的で高圧的な教師なのだろう。低学年の児童にいちいち説明しても理解を得るのは難しいのかもしれないが、以前の担任はそれを厭《いと》わずに丁寧に対していたに違いない。急に変わったら戸惑うのも無理はなかった。

美和が再び手を動かす。

〈クラスメイトの男の子も〉〈それが嫌で〉〈学校に来なくなったの〉

そう言ってから、こちらに向けた手の指を全部曲げ、次にそこから小指だけを立てる。さらに形を変え、立てた小指以外の指先をつけ合わした。「指文字」だ。固有名詞など手話にはない日本語は、こういった指文字で表現をする。今の文字は順番に、え・い・ち。

えいち——以前にも聞いたことがある。不登校だという同じクラスの男の子の名前だ。

していた。

みゆきはやや不服顔

〈そうだったのか〉

「学校に行きたくない」という美和の理由が、分かった。

子供部屋を出て、美和と話したことをみゆきに伝えるとともに「話してすっきりしたみたいだから、今はこれ以上何か言わない方がいい」と助言した。みゆきはやや不服顔だったものの、それに従った。

翌朝起きてきた美和は、いつもの明るさを取り戻していた。もう大丈夫だろうとは思ったが、実際に彼女がランドセルを背負うまでは不安だった。

「行ってきま〜す」

元気よく手を振る美和を安堵《あんど》の思いで見送りながら、ふと思う。

まるで父親みたいだな。

それは、決して嫌な感覚ではなかった。

第二回の公判期日となった。

傍聴席を見ると、一回目の公判より人が増えていた。否認裁判と知って報道各社が記者を派遣したのだろう。

「では開廷します。検察官、どうぞ」

この日の公判は証拠調べから始まる。まずは書面で検察側から提出された証拠——被害者の供述調書、被害者宅で採取された被告人の指紋、事件当日被害者宅の最寄り駅に設置された防犯カメラに写っていた被告人に酷似した人物の映像、被告人が事件後に急に金回りがよくなったという知人の供述調書などが廷吏《ていり》によって運ばれ、検察官による説明がなされた。

書面での証拠調べが終わると、証人尋問となる。

「証人は証言台の前へ」

最初に検察側の証人として、荻窪《おぎくぼ》警察署の刑事が出廷した。強行犯係に所属するベテランの警部補は、取り調べの状況――犯行の自白は被告人が自ら行ったものであり、誘導や強要など一切していないことを証言した。

反対尋問に立った片貝は、まずは供述調書の録取が、すべて「林部の手話を警察が用意した通訳者が通訳する」という形で行われたこと、「通訳者は手話のできる警察職員で手話通訳士の資格は持っていないこと」を確認した。その上で、供述調書の内容についても言及した。

《供述調書の中に、逮捕時に作成された弁解録取書《べんかいろくしゅしょ》と大きく異なる点があります。弁解録取書では、「被害者が『誰だ』と大きな声を出したので驚き、思わずナイフを出しました」とありますが、供述調書ではその部分が「人の気配を感じ、振り返ると被害者が立っていたので驚き」となっています。これほど大きな違いになっているのはなぜです

か》

予想された質問だったのか、刑事はさしたる動揺は見せず、

「被告人が供述した通りに録取しております。違っているのは、被告人の供述が違っていたからで、ほかに理由はありません」

と答えた。これに対し片貝はさらに質問を重ねた。

《耳の聴こえない被告人が「被害者の声が聴こえた」というのをおかしいとは思いませんでしたか》

「当初は、大きな声だったら聴こえるのだろうと、おかしいとは思いませんでした」

《当初は、というのはどういうことですか？　今は、違うのですか？》

「取り調べをしていく過程で、被告人が全く聴こえない重度の聴覚障害者であると知りました」

《つまり弁解録取書作成時には、証人は、被告人の聴こえの程度について、大きな声だったら聴こえると思っていた。しかし供述調書作成時には、被告人が大きな声を出しても聴こえないということを知っていた、ということですね》

「……まあ、そうです」

つまり、弁解録取書にしろ供述調書にしろ、被告人が自ら供述したものではなく、取調官が恣意的に「作成した」ものではないのか。片貝はそう印象付けようとしているの

だ。刑事がそれを半ば認めたような形になったが、検察官は余裕からくるものなのか、さして表情を変えなかった。片貝は質問を変えた。

《取り調べの間、被告人は、「音声日本語」、つまり言葉を発しましたか》

「いえ、発しませんでした」

《一度もですか》

「一度もです」

《以上で質問を終わります》

「では、弁護側証人、出廷してください」

続いて、弁護側の立証が始まる。まず林部が勤める電気工事会社の社長が証言台に立った。裁判で証言するなどもちろん初めてのことだろう。適度な空調が効いているはずなのに大汗をかいていた。それでも社長は懸命に質問に答えた。

まず林部を雇用した経緯について、自分の従兄弟《いとこ》にやはり耳が聴こえない者がおり、そういう人の少しでも助けになればと思って雇った、と説明した上で、

「普段は『筆談』と『こちらがゆっくりしゃべって口の動きを読んでもらう』ことでコミュニケーションをとっていた」

ことを証言した。最後に、

「最近は社の連中も簡単な手話ぐらいは覚えて、手話で会話することもありましたよ」

と笑顔も見せた。

これに対し反対尋問に立った検察官は、

「被告人は本当に一度も『しゃべった』ことはなかったか」

ということを「法廷内の証言に関して嘘をつくと偽証罪に問われることになる」と念押しした上でしつこく尋ねたが、証人は最後まで証言を変えることはなかった。

社長が退廷し、最後の証人の番となった。

「証人は中へ入って証言台の前に」

裁判長の言葉に、グレーのスーツを着た小柄な男が入廷して来た。年齢は五十を過ぎたところか。林部のろう学校時代の教師にしては若く見えた。担任時は教師になって間もない時期だったのかもしれない。職業柄か、葛西紀一は直前の二人の証人に比べかなり落ち着いていた。

「宣誓。良心に従って真実を述べ、何事も隠さず、偽りを述べないことを誓います」

葛西はよく通る声で朗読してから、余裕のある表情で辺りを見回した。

「それでは弁護人、質問をどうぞ」

裁判長に促され、片貝が立ち上がった。

《証人は、三十年前に被告人が通っていたろう学校の高等部の教員でしたね》

通訳者が発した言葉を聞き、葛西が「はい」と答える。

《今も同じ学校に勤務していますか》
「学校は替わりました。しかし今でもろう学校の教員をしております」
《ろう学校に通っていた頃の被告人の「聴こえの程度」はどれぐらいでしたか》
「全ろうだったと記憶しています」葛西はよどみなく答える。
《全ろうとはどういうことですか？》
もちろん片貝は知っている。この辺りは裁判官や検察官への解説だ。
「全く聴こえない、ということです。正確には『全く』ではないと思いますが、両耳の聴力レベルがそれぞれ一〇〇デシベル以上のものを『両耳全ろう』と言います。例えばガード下での鉄道走行音がかすかに聴こえるかどうか、という感じです」
《被告人は、生まれつき聴こえなかったのですか？》
「確かそうだったと記憶しています。先天性の失聴者だったと」
口調や態度も堂々としたものだった。その言葉を通訳しながら荒井は林部の表情を窺った。特に変化は見られない。
《被告人は全く聴こえなかった。それは分かりました。それでは》
片貝が重ねて尋ねた。
《被告人は「発語」はできましたか》
「はい」葛西は間をおかずに答えた。

片貝が首をかしげる。《被告人は全く聴こえなかった。でも言葉を発することはできた。そういうことですか？》

「はい」

葛西は、何を当たり前な、という顔で答える。

《それはなぜですか？》

「私たちが『聴覚口話法』で教えたからです。私が教えた生徒は、全ろうでも、皆しゃべれるようになりました」

視界の隅に、検察官が首をひねっているのが見えた。「被告人は発語できない」ことを立証すべき弁護人が、「被告人は発語ができた」という証言を引き出しているのだ。検察官ならずとも首をかしげたくなるのは当然だろう。三人の裁判官も怪訝《けげん》な顔だった。

だが片貝は、平然と続ける。

《その「聴覚口話法」というのは何ですか》

通訳を待ち、葛西が答える。

「ろう学校の教育方法です。僅かでも残存している聴覚を使い、また唇の動きを読み取りながら、発語訓練をして『音声日本語』を学びます」

《分かりました》それについて追及していくかに見えたが、片貝は《質問を変えます》と言った。

《証人は手話ができますか？》

葛西は一瞬面食らったような顔をしたが、「できません」と落ち着き払って答えた。

《手話ができずに、ろう学校の教員が勤まるのですか？》

「問題ありません」

《当時被告人が通っていた、つまりあなたが勤務していたろう学校で、手話ができた教員は、全体の何割いましたか？》

葛西は少し考えるような仕草をしてから、

「二割に満たないぐらいでしょうか」

その答えに、傍聴席がざわついた。それしかいないのか、と驚いたのだろう。

葛西はやや鼻白んだように、「今はもう少しいるかもしれませんが、当時はそれぐらいが普通で」と弁解しようとしたが、

「証人は質問されたことだけに答えるようにしてください」裁判長が注意した。

「――すみません」

《以上です》

片貝が座った。

これで終わり？　傍聴人もそうだっただろうが、通訳人席の荒井も訝った。これでは何の立証もできていない。

裁判長もどことなく釈然としない顔で、「それでは検察官、反対尋問をどうぞ」と言った。

「はい」

検察官が立ち上がり、葛西に尋ねる。

「ろう学校の教員になるには、何か特別な、普通の教員免許とは別の資格がいるのですか」

葛西が言葉を選ぶように答える。

「ろう学校や盲学校というのは実は昔の言い方で、今は『特別支援学校』に含まれるのですが、その特別支援学校の教諭になるには、原則として『特別支援学校教諭免許状』を有していなければならないとされています。ですが一方で、『教育職員免許法』では『当分の間』有していなくてもよいこととされています」

「えーと、つまり簡単に言うと？」

葛西は苦笑して答えた。「つまり、普通の教員免許を持っていれば、ろう学校などの特別支援学校の教諭になることはできます」

「証人はその『特別支援学校教諭免許状』というものを有しているのですか」

「はい。着任時には持っていませんでしたが、現在は有しています。『特別支援学校教諭免許状』は、専門課程を経て取得するほかに、教員在職年数と単位修得により取得する方法もあって。私はそのケースです」

「その『特別支援学校教諭免許状』の取得には、手話ができることが条件なのでしょうか」

「いえ、そんなことはありません」

「では、ろう学校の教師が、手話ができなくても、それは特別不思議なことではないのですね」

「はい。我々は別に『手話を教える』わけではないですから。筆談と口話で十分教育はできます」

「以上です」

検察官が座った。裁判長が一つ呼吸を置くように周囲を見渡した。

「では続いて、被告人質問に移ります。被告人、証言席へ」

荒井の手話を見て、林部が証言台に立った。

「では弁護人から質問をどうぞ」

片貝が再び立ち上がる。

《さきほど葛西証人から、あなたが「ろう学校」時代に「聴覚口話法」の教育を受けた、と聞きました。それは事実ですか？》

専属の通訳者が音声日本語にするのと同時に、荒井も林部に向けて日本手話で伝える。

〈事実です〉林部が答えた。

《葛西証人は、その教育法によってあなたはもちろん、ほかの生徒も皆「音声日本語」を話すことができるようになった、と証言しています。これは事実ですか？》

〈事実ではありません〉

荒井がその言葉を音声に通訳した途端、傍聴席から大きな咳払《せきばら》いが聞こえた。証人用の席に戻っていた葛西だった。その顔はいかにも不服そうだ。

《質問を変えます》

片貝は変わらぬ表情で手話を続けた。

《その「聴覚口話法」というものは、何年生の時から受けるのですか》

〈私が通っていたろう学校では「幼稚部」の時からありました〉

《その内容を具体的にお訊きしたいのですが。まずは「発語訓練」についてお訊きします》

〈はい〉

《その前に確認しておきたいのですが、全ろう、つまり全く聴こえなくても声を出すことはできるのですか？》

林部は少し考えるようにしてから、手を動かした。荒井はその意味するところを汲《く》み、音声日本語にした。

「声帯の機能としては、声を出すことは可能です」

片貝は、一つ肯いてから質問を続けた。

《自分の出した声は聴こえますか？》

林部が答える。〈聴こえません〉

《では、自分が今どんな声を、どんな言葉を発声しているか分からないままに「発語訓練」を行うのですか？》

〈そうです〉

《そのやり方を、具体的に、詳しく教えてください》

林部は、肯き、手話で話し出した。その一言一句を、荒井が通訳していく。

その内容は、実に詳細かつ、驚くべきものだった――。

〈口話では、まず母音の「あ」「い」「う」「え」「お」を徹底的に訓練します。これがうまくできないと、子音が加わった発音もうまくできません。母音は、口型を真似《まね》すれば、比較的うまく出せるようになります〉

〈母音の訓練を終えると、次に子音の訓練になります。これは、舌がどういう風な形になるか、動きになるかを先生が図で示したり、実際に自分がやってみせ、口の中を見せて教える、というやり方です。私たちは、それを見て「真似る」のです〉

〈先生はただ「見せる」だけではなく、声を出した時の振動などを身をもって体験させます。私たちの手をとって、先生がその手を胸とか喉とかに当てるんです。そしてその振動を私たちに再現させることで正しい発音を身に付けさせます。一部の男子生徒の中には、女の先生の胸が触れると喜んでいる者もいましたが、私は嫌でした。女子生徒も男の先生に触られるのを嫌がっていました〉

〈手を当てる部位は、言葉によって異なります。「か」行は、人差し指で喉を押さえ、確かめます。喉の震えを感じながら、口を最初にやった母音の形にして順に発声していくと「かきくけこ」が発語できたかどうかが分かります。ただし、さきほど言ったように自分では聴こえません。正しく発語できたかは先生が判断します。何度かやっていくうちに正しい発語ができた時、先生が「今の声の出し方をもう一度」と言い、それを再現するようにします。再現しているようでもできていない時もあります。何度も何度も繰り返し、正しい発音を身に付けていくのです。

同じように、「さ」行も行います。今度は、発声する時に片手の甲を唇に当てます。手の甲に当たる息で「さ」が言えているかどうかが分かります。同じように「しすせそ」も行います。

「た」行は、舌の上に薄く溶けやすい菓子を置き、発声します。それが上顎にくっつくようになると、発語できたとされます。

「な」行は、人差し指を鼻に当て、鼻に振動がくるまでやります。「は」行は、縦に切った二センチほどのティッシュの切れ端を口の前に置き、それが息によって前に動くことを理解させ、行います。これが「ぱ行」になると、唇を破裂させるようにして発音する、というようになります。

「ま」行は、頬に手を当て、そこが震えるかどうか繰り返し行います。

「や」行は、唇の動き、舌の位置などを教師の口の中を見て、真似します。

「ら」行は、舌の動きを確かめるために舌の先にやはり薄い菓子を置き、それがどこに当たるかを確認させながら行います。

「わ」「を」「ん」は、唇の動きや、どこが震えているかを指を当てて行います。

発語が一通りできるようになると、次は言葉やアクセントの使い方を教え込まれます。渡る「橋」とご飯の時使う「箸」との違いなどです……〉

法廷は静まり返っていた。林部の手は絶え間なく動き、それを通訳する荒井の声だけが響く。

〈次に、「聞き取り」の訓練についてです〉

〈聴こえないのに聞き取りができるか、と思われるでしょうが、人によっては僅かに残存している聴覚を、補聴器や人工内耳《じんこうないじ》で補いながら、かすかに聴こえた音をたよりに言語を当てる、というやり方です〉

〈例えば、先生が黒板に「りんご」「みかん」「バナナ」などを絵と文字で書き、唇を紙で隠して何を言ったかを当てる練習をします。間違えれば、正解が出るまで続きます。これはどれぐらいの聴覚が残っているかで決まってしまいます。私は聴力レベルが一〇〇デシベルで補聴器をしてもほとんど聴こえませんから、口を隠されたらお手上げです〉

〈そういう子は仕方がないので紙をはずし、先生の「口型」を読む訓練をします。「聞き取り」ではなく先生の口の動きの「読み取り」になります。「読話《どくわ》」と言います。これは訓練をすればある程度できるようになります。ただ同じ母音を持ち口の動きも同じになる「たまご」と「たばこ」のような言葉は区別がつきません。前後の会話の内容で理解するしかないのです〉

《今さらの質問ですが》

片貝が口を挟んだ。

《これらの教育や訓練には、手話は使われないのですね》

〈はい〉林部が答える。〈聴覚口話法の授業以外の、普通の国語や算数といった授業でも、手話は一切使われませんでした。すべて、先生が黒板に書いた文字と、発する言葉を「読話」して理解しなければなりません〉

《授業以外でも、手話は使われないのでしょうか》

〈私のいた学校では、そうでした。ほかのろう学校では、友人同士や先輩などと休み時間などに手話で会話をすることで「日本手話」を習得していく人が多かったようですが、私のいた学校では、そういう環境もほとんどありませんでした〉

《それで》

片貝が、尋ねた。

《その結果、被告人はしゃべれるようになったのですか？ つまり、「音声日本語」を話せるようになったのでしょうか》

林部は躊躇《ちゅうちょ》なく答えた。

〈なりません〉

片貝が重ねて訊く。

《さきほど葛西証人は、あなたたちは皆しゃべれるようになった、と証言しましたが、それは間違いですか》

林部は少し考えてから、答えた。

〈何をもって「しゃべれる」とするか、考え方の違いじゃないでしょうか〉

そして、さらに続ける。

〈確かに私たちは、日本語の母音も子音も発声できるようになりました。それを続ければ、ある程度の単語や文章も発語できたように、人には聴こえたかもしれません。しか

し〉

林部の顔が僅かに歪《ゆが》んだ。彼の顔に初めて「感情」らしきものが浮かんだ気がした。しかしそれはすぐに消える。

〈それは、はたして「言葉」でしょうか。自分でどんな声を、どんな音を出しているかも分からず発声した音の連なりが、「言語」と言えるのでしょうか。いやその前に、「しゃべれるようになった」というのは、自分の言葉が相手に伝わるようになって初めてそう言えるのではないでしょうか〉

《あなたの言葉は、相手に通じなかったのですか》

林部は、人差し指と親指の先を付け合わせた（＝そうです）。そして、一気に語った。

〈私は、ろう学校では優等生でした。葛西先生にもいつもクラスで一番優秀だと褒められました。先生も覚えていると思います〉

〈でも、そんなある日、母親と買い物に行った時のことです。いつもは聴者である母が店員とやりとりをするのですが、私はその時どうしても「言葉」で、「音声日本語」で話してみたくなったのです。問題なく会話ができると思っていました。自信満々で店員に話しかけたのです〉

〈今でも覚えています、簡単な言葉でした。私は、大きく口を開け、「このお菓子はいくら？」と訊いたのです。ちゃんと聞こえなくても、状況だけで分かるような言葉で

す〉

〈その時、店員の顔つきが、はっきり変わったのを今でも覚えています。最初びっくりするような顔になって、それからちょっと困った表情になって、横にいた母の方を助けを求めるように見たのです。家ではいつも「音声で話すように」と言っていた母も、恥ずかしそうな顔で店員に「通訳」しました〉

林部はそこで僅かに俯《うつむ》いた。しかしすぐに顔を上げ、手を動かした。

〈私はそれ以来、外で声を出すことはしなくなりました。学校を出てから「日本手話」を学び直し、今では「日本手話」が私の「言語」だと思っています。あれから二十五年以上、一切「音声日本語」を発したことはありません〉

《ありがとうございました。弁護側からは以上です》

片貝の手話を通訳者が音声日本語にしたのを聞いて、裁判長が我に返ったように、

「検察官、反対尋問をどうぞ」と促した。

「あ、はい」

検察官は慌てたように立ち上がった。

だがいったん開いた口は、結局何も発しないまま閉じられた。

そして、「反対尋問はありません」と腰を下ろした。

裁判長が、一つ咳払いをしてから口を開いた。

「私から、質問があります」

荒井がそれを手話で林部に伝える。

「学校での言語教育については分かりました。しかしその前――つまり、生まれて間もない聴こえない子供たちは、そもそも『日本語』をどのようにして覚えるのですか？手話で覚えるのか、聴こえない言葉を、読み書きすることで覚えられるのか、そこのところがよく分からないのですが」

林部は、〈それは、環境によって異なります〉と答えた。

「環境、というのは？」

〈親もろう者である場合、ろう児の第一言語は「日本手話」になります。自然に習得する言語は手話で、書記日本語――書き文字としての日本語は、手話を通して覚えます。一方、親が聴者であった場合、言語環境は音声日本語になります。しかし、聴こえない私たちがそれを自然に習得することはあり得ません。聴者である親は、聴こえない子供に、音声日本語と書記日本語を同時に教えようとします。私の親も、そうでした〉

そして再び、自分の体験を語る――。

〈うちの家の中には、ありとあらゆるものに言葉が書かれた紙が貼ってありました。壁には「かべ」、花瓶には「かびん」、というように。家の中には文字があふれていました〉

〈母からは、絵日記を使った「日本語教育」もされていました。まず母が、「太陽が出ていて、男の子が浮き輪を持って歩いている」というような簡単な絵を描きます。そしてその下に、「いつ」カッコ「誰」カッコ「どこ」カッコ「何」カッコ「どうした」というような言葉を書いていくのです。それに添って、私が絵に合う答え――「夏休み」「ぼく」「プール」「泳ぎ」「行った」を書くのです。カッコの中には「は」「に」といった助詞を入れなければなりません。今でも私は、日本語の文章を読むたびにこのカッコが浮かんできます〉

〈間違えると叱られ、やり直しをさせられます。行動だけでなく自分の気持ちも、「楽しかった」「嫌だった」「悲しかった」など、考えて書かないといけません。絵と感情が合致していなかったらやり直しになります。「楽しい」絵に「つまらなかった」と書いたら間違いです。「本当の気持ち」を書くのではなく、「絵に合う日本語」が正解なのです〉

〈何回も間違えると、涙が出てきて、もうやだよ、書きたくない！　と叫び、鉛筆を投げては絵日記も投げ……とにかくつらかったことしか覚えていません〉

〈「なんで普通の子みたいに言葉が分からないの」。母は何度も何度も言いました。何が普通なのか、私には分かりません。ただ私が「普通の子」ではないこと。それが母をひどく悲しませていること。それだけは分かりました。母を悲しませないため、そのため

だけに私は、「言葉」を理解できるように、「音声日本語」をしゃべれるように、必死に努力しました〉

林部の手話がふいに終わった。

それを通訳する荒井の声も終わり、法廷は再び静まり返る。

「証拠調べは、以上です」

裁判長が次の公判期日を確認するとともに次回が結審となることを告げ、第二回公判は閉廷した。

翌日、荒井はリハセンの冴島素子のもとを訪ねた。昼休みも終わり閑散とした喫茶ルームの一角で向かい合った素子は、黙って荒井の手話を見つめていた。

〈このままでは難しいのではないかと思います〉

荒井は、あえて主語や目的語を抜き、そう言った。田淵から、素子とは手話について以外の話はしないように言われていたためだ。

〈彼らの意図は分かります。しかし、いくら彼の人となりやろう教育の現実について訴えたところで、「しかし言葉を発することはできるはず」という周囲の心証は動かないでしょう〉

素子の手は動かない。荒井は、彼女の嫌がる話をあえてした。

〈あなたが「ろう学校」時代、とても優秀な生徒だったと母から聞いたことがあります〉

案の定、素子は大きく顔をしかめた。構わず続ける。

〈誰よりも「口話法」に秀で、優秀な生徒に与えられる名誉ある賞も受賞したことがある、と〉

素子は不機嫌な顔で手を動かした。〈遠い昔の話ね〉

〈しかし、あなたは今「音声日本語」を発することはない。それは理解できます。それは、あなたの、あなたたちのアイデンティティに関わることですから〉

〈そんな大げさなことじゃないわ〉

素子が小さく首を振る。

〈話す必要はないもの。それにもう、話せない。「音声日本語」の出し方など忘れてしまった〉

〈あなたはそれでいいかもしれない。でも〉

自分が職域を逸脱しようとしていることは分かっていた。なぜこんなにムキになっているのか。自分でも分からないまま、手を、表情を動かしていた。

〈彼はどうでしょう。このままでは彼はどうなります？　おそらく彼は、罪に問われる。冤罪《えんざい》を晴らすことはできないでしょう〉

素子が荒井のことを見た。〈だから？　私にどうしろと？〉

〈彼らにそう伝えてもらえませんか。つまり〉

親指と人差し指でつくった輪を喉元に付けてから前へ出し（＝声で）、手のひらを下にして指を少し開き気味に口元から少し前へ出す（＝話す）、続いて右手の人差し指と中指を曲げ、中指の側面を左手のひらに打ちつけた（＝べきだ）。

素子は首を振った。

〈私が彼らにそんなことを言うことはできない。第一、私はそれほど彼らと親しいわけじゃない。知っているでしょう〉

〈しかし、私が彼らに接触するわけにはいきません〉

厳しい表情で荒井のことを見つめていた素子の顔が、ふっとやわらいだ。

〈適任者がいるんじゃないかしら〉

え？　荒井は眉根を寄せた。

〈彼らと親しく、しかし直接の当事者ではない。あなたもよく知っている人が。その人に伝えなさい〉

誰のことを言っているかはすぐに分かった。

確かに、彼女こそ「適任者」だった。

その家を訪ねるのも、二年振りのことだった。

誰もが知る都内の高級住宅街。その中にあっても一段と目を引く大邸宅のリビングに通され、荒井は初めてこの家を訪れた時のことを思い出していた。あの時大勢の来客で賑《にぎ》わっていた広間ではなく、荒井が通されたのは小さな応接間だった。ここからでもよく手入れがされた洋風庭園は見渡せたが、鮮やかな色を誇る花々が咲き揃っていたあの頃に比べ、今の季節の萩や秋桜《コスモス》はどことなく控えめに映った。

「ご無沙汰しております」

革張りのソファに浅く腰かけ一礼すると、手塚夫妻は揃って「いえこちらこそ」と頭を下げた。

「皆さん、お変わりはないですかな」

相変わらずかくしゃくとした総一郎だったが、二年会わないうちに頭は総白髪になっている。

「美和ちゃんっておっしゃったかしら、可愛《かわい》いお嬢さん」美ど里《みどり》が笑顔を向けて来る。

「はい、美和は小学二年生になりました」

「まあ、もうそんなに」

おっとりと答える美ど里の姿にも、年相応の老いが見え隠れしている。

「失礼します」

声がし、紅茶の載ったトレイを抱えた瑠美が姿を現した。荒井が会釈すると、瑠美も小さく頭を下げた。

それからしばらく、四人で何ということはない世間話を交わした。荒井は手話通訳士としての仕事の様子を語り、総一郎や美ど里も一通りの近況を話した。その会話が一段落したところで、

「では、私たちはちょっと失礼しますよ」

夫妻が同時に腰を浮かした。

「瑠美さん、お茶のお代わりさしあげてね」

「はい」

「では、どうぞごゆっくり」

ドアが閉まり、部屋は静まり返った。

瑠美がソファの上で身を滑らし、荒井の正面に移った。顔を上げた彼女と目が合う。

瑠美の手が動いた。

〈ご用件は、裁判のことでしょう?〉

以前と変わらぬ、きれいな日本手話だった。

二人きりであるから誰に聞かれるわけでもない。口で話しても良いはずだったが、瑠美は何のためらいもなく二人の会話に手話を選んだ。

荒井も手話で答える。〈詳しいことは話せません〉

瑠美は黙って肯いた。

そう断った上で、冴島にしたのと同じ話をした。

聞き終えた瑠美はやや深刻な表情になり、

〈荒井さんのおっしゃることは分かります〉

と答えた。

〈私も同じ気持ちです。いえ、新藤《しんどう》さんや片貝さんも、そう思っているんです。何度も彼を説得したと言っていました。でも、彼は頑として「発語したくない」と〉

そう言って、整った眉を僅かに寄せた。

発語したくない、それならば――。

〈言葉を発しなければいいんです〉

瑠美が怪訝な顔で荒井のことを見る。

〈でも荒井さんは、「音声日本語」を発しろと〉

荒井は大きく伸びをした。その勢いのまま、「ふぁ～あ」と口から間抜けな音が飛び出す。瑠美は驚いた顔でこちらを凝視した。荒井は手を動かした。

〈これは、言葉ですか?〉

瑠美の眉間に、小さくしわが寄った。

公判の最終日がきた。開廷前に荒井は書記官から呼ばれ、本日の公判の流れが一部変更になったことを伝えられた。

本来ならば前回で証拠調べは終わり、今日は検察側の論告から始まるところだったが、弁護側からもう一人証人が申請され、検察側も了承したため、その証人への尋問から行われる、ということだった。荒井は了解して法廷へと入った。

すでに被告人、弁護人、検察官、とそれぞれ席に着いていた。小さな事件であるにもかかわらず、傍聴人席は満杯だ。弁護人席の片貝と目が合った。片貝の手が素早く動いた。

肩の上で手を軽く握って、開く、という動作を二度ほど繰り返す。

瑠美の名前を表す手話——サインネームだ。

続けて、軽く曲げた手の親指側を耳に付けた（＝聞いた）。

瑠美との話が伝わっていることが、それで分かった。

裁判官が入廷し、最後の公判が始まった。

「証人は中に入って証言台に立ってください」

裁判長の言葉に、傍聴席にいた人物が立ち上がり、前へと進んだ。

この事件の被害者である、村松だった。

六十がらみで恰幅《かっぷく》の良い村松は、明らかに戸惑った表情で証言台に立った。今回は供述調書の証拠採用により、証人として呼ばれることはないと説明を受けていたのだろう。まさか今さら証言台に立つことになるとは思わなかったに違いない。

ましてや、弁護側の証人として——。

「それでは弁護人、どうぞ」

裁判長に促され、片貝が立ち上がった。

《証人にお訊きします。証人は、事件当日、犯人の顔を目撃していますか》

音声日本語に通訳されるのを聞き、村松は「いいえ」と首を振ってから、答えた。

「部屋の中に誰かいるのが分かり、驚いて灯《あか》りのスイッチをいれましたが、点きませんでした。部屋の中にいた男は懐中電灯を持っていましたが、顔までは分かりませんでした。ただ何となく帽子のようなものをかぶっているのと、口の辺りが白いマスクで覆われていることだけは分かりました」

《顔は見ていない、ということですね》

「はい」

《では、声は聞きましたか》

「はい」

《犯人は、何と言ったのですか》

「『騒ぐな、金を出せ！』。そう言いました」
《それだけですか》
「はい。後は無言でした。ナイフのようなものを突き付けてくるのが分かりました、それで私は」
《それ以上は結構です。「声」のことだけで》
「――はい」
《その声を覚えていますか？》
村松は首をひねった。
「覚えているというか……怖かったですし、今でも耳の底に焼き付いてはいますが……」
《質問を変えます。その声をもう一度聞けば、それが犯人のものかどうか分かりますか？》
村松は、すぐには答えなかった。しばし思案するように顔を伏せ、やがて顔を上げた。
「はっきり分かるかどうか、自信はありません」
《今でも耳に焼き付いているとおっしゃいましたが、それでも分かりませんか》
「……マスク越しでしたし、それほど特徴のある声ではなかったので」
《確認します。それほど特徴のある声ではなかったので、もう一度聞いても分からない

と思う。そういうことですね》

「はい」

検察官が、大きく肯くのが分かった。傍聴席からもため息のような声が漏れる。これが「もう一度聞いたら分かる」という答えであれば、重要な証言になる。しかし「特徴のある声ではなかった」ということであれば犯人の特定にはつながらない。傍聴人、そして検察官もそう考えたのだろう。

しかし、片貝は裁判官に向けて告げた。

《被告人が声を出す許可をいただきたい》

その言葉が音声日本語に通訳されると、傍聴席にざわめきが走った。

今まで、頑《かたく》なに「しゃべれない」と言い張り、声を出すことを拒否してきた弁護側から、まさかそういう申し出が出るとは思っていなかったのだろう。しかも証人は「声を聞いても分からない」と言っているというのに。

異例の申し出に三人の裁判官は顔を見合わせたが、何事か短く確認し合い、検察官の方へ言葉を投げた。

「検察官、いかがですか」

「異議はありません」

検察官に異議があるはずがなかった。これで被告人が「声を出せる」「しゃべることができる」ことが証明できるのだ。
裁判長は、片貝に向かって肯いた。
片貝も一礼を返すと、一枚の紙片を取り出し、被告人に見せた。
《この言葉を、発してください》
続いてその紙を裁判官や検察官にも見せる。もちろん、通訳人である荒井にも。
そこには、

騒ぐな　金を出せ

そう書かれてあった。

傍聴席が再びざわめく。

林部の表情は変わらなかった。

《お願いします》

片貝がもう一度言い、通訳者が音声日本語にする。荒井も日本手話で林部に伝えた。

〈この言葉を、音声で発してください〉

林部は肯き、おもむろに口を開いた。それは、出廷して初めて被告人の口から発せられた声だった。

さあぐうなあ　かあえおだあえ

静まり返った法廷に、その声が響いた。

証言台の村松の顔色が変わり、傍聴席にどよめきが走った。検察官も明らかに動揺している。

《もう一度お願いします》

林部がもう一度口を開く。

「さあぐうなあ　かあえおだあえ」

その声、その言葉は、どう聞いても「普通の」言葉ではなかった。

デフ・ヴォイス。

ろう者が発する、明瞭ではない声。何を言っているのか、判然としない言葉――。

《もう一度……》

「もう十分です」

裁判長が静かに告げた。

「誰が聞いても分かる、特徴のある声であることは分かりました」

反対尋問で、検察官は証人が「はっきり分かるかどうか自信はない」と証言したことを踏まえ、「今の声が犯人の声ではないとは断定できないのでは」と質問したが、村松は決然と首を振った。

「あんな声ではありませんでした。それだけは言えます。犯人は、あんな声じゃなかった……」

検察官はまた、被告人が「声をつくっている可能性」についても言及し、録音して精査することを申し出たが、却下された。

検察・弁護側双方の立証が終わり、検察官が論告、求刑した。求刑は七年の懲役。累犯であることに加え、犯行を否認し弁済はもちろん謝罪・反省もないことから重い求刑となった。

弁護側の最終弁論では、片貝がもちろん無罪を主張した。そして被告人による最終陳述となった。

「被告人は、何か述べることがありますか？」

荒井が、その裁判長の言葉を林部に伝える。

〈はい、最後に話したいことがあります〉

林部は、毅然《きぜん》とした表情で手を動かした。

〈「音声日本語」の発声を強要されること、それは私にとってとてもつらいことです。

屈辱的と言ってもいいかもしれません。それは、私にとって「言葉」ではありません。自分の発した声を聴くことはできないのですから。自分が何を言っているかすら自分で分からないのですから。それが自分の「言葉」であるはずはありません。だから、私は、これまで一貫して「音声日本語」を発することを拒んできました。でも、ある人から言われたんです。「言葉」じゃないんだったら、発してもいいじゃないか、と。それは、ただ口を、口の周りの筋肉を機械的に動かすだけのものじゃないか、と。例えばうがいをするように。例えば咳をするように。例えばあくびをするように。それが、はたして「言語」なのでしょうか。私は、この件に関して無実です。でももし、私がこの法廷で述べたことが――「私は音声日本語をしゃべることができない」と言ったことが「嘘」だというのなら、どうぞ私を罰してください。私が先ほど発した声が、私には聴こえないその音の連なりが、もし「言語」だというのなら、どうぞ私に罰を与えてください〉

林部の手は、そこで動きを止めた。

どことなく晴れやかな表情で彼は一つ肯くと、上向きに開いた両手をすぼめながら下におろした。

荒井はそれを音声日本語にした。「以上です」

そして、判決が言い渡された――。

朝から雲一つない青空が広がっていた。
暖かな陽光が差し込むリビングで、荒井は届いたばかりの新聞を開いていた。もちろん結果は知っている。どのように報道されているか確かめたかったのだ。
社会面のほんの片隅、ごく小さな扱いだったが、それは確かに記事になっていた。

強盗事件に無罪判決　検察は控訴を断念
東京地裁は25日、強盗の罪に問われた男性被告（42）に無罪（求刑懲役7年）を言い渡した。重度の聴覚障害者である男性が、被害者の証言にあるように犯行時に「金を出せ」と言えたかどうかが争われていた。飯坂健三郎《いいざかけんざぶろう》裁判長は「被告人は明瞭に発語することができず、犯人たりえない」と判決理由を述べた。弁護人の片貝俊明《としあき》弁護士は「意義ある判決。警察や検察の取り調べでは聴覚障害者のコミュニケーション手段に対する配慮も欠け、虚偽の自白につながった」と話した。検察は控訴を断念した。

短い記述だったが、「意義ある判決」という言葉に柄にもなく胸が熱くなるのを感じた。おそらく、あの時の記者が書いてくれたのだ——。

裁判が終わり、廊下を出た荒井に、背後から「なあ、あんた」と声が掛かった。自分のこととは思わずそのまま歩いていこうとしたところ、再び呼ばれた。

「あんただよ、通訳さん」

振り返ると、傍聴席にいたのか、二回目の公判で証言をした荻窪署の刑事が立っていた。

「――私に何か？」

「なあ、ほんとにヤツがあんな立派なことを言ったのか？」

何のことを言っているのか、すぐには分からなかった。

「あの偉そうな御託《ごたく》だよ。あんたがでっち上げたんじゃないのか？」

ようやく、法廷での林部の陳述のことを言っているのだと理解した。

「私は、林部さんが言ったことをそのまま通訳しただけです」

「信じらんねえな」刑事は、せせら笑いを浮かべた。「あいつがあんな大層なことを言えるとは。取り調べの時はろくに日本語も分かんないで、ちょっとオツムが弱いんじゃないかと思ったけどな」

言いたいことだけ言うと、刑事は踵を返した。

その感情は、一瞬遅れてきた。ついぞ経験したことのない熱い塊が腹の底の方から吹き上げてきて、頭が真っ白になった。知らないうちに体が動いていた。

「ちょっと待――」

後ろ姿の刑事に向かって足を踏み出したところを、誰かに止められた。

「相手にしない方がいいですよ」

冷静な声に、我に返った。ゆるめたネクタイに着崩したジャケットをはおった男が立っていた。傍聴していた記者のうちの一人だ。

「あんなの相手にしても馬鹿をみるだけです」

そして、「書きますから。ちゃんと」と彼は言った。

静かな、しかし決然とした声で繰り返した。

「僕らが、伝えますから」

もう一度、手にした新聞の記事に目をやる。彼は、本当に書いてくれたのだ――。

その記事の隣には、埼玉県内で起こった殺人事件を伝える記事が掲載されていた。こちらはかなり紙面を割いている。被害者は、三十二歳のＮＰＯの男性職員。読み飛ばそうとして、遺体が発見されたアパートの住所に目が留まった。荒井たちが住む町の隣の地域だ。

頭から読み直そうとしたところに、みゆきから声が飛んできた。

「ねえ、まだ準備してないの。もう出かける時間よ」

遊園地に出かけることになっていたのだ。


「ああ、悪い」

新聞を閉じて立ち上がる。今日はみゆきの休日を利用して、久しぶりに美和と三人で遊園地に出かけることになっていたのだ。

荒井が着替えていると、子供部屋からよそ行きの恰好をした美和が出てきて、

「アラチャン、そのふく、かっこうわるい」

と難癖をつけてくる。

「じゃあどれがいいんだよ、美和が選んでくれよ」

「えー」

と困った顔を作りながらも満更でもないらしく、数少ない荒井の外出着から選びだす。

「ねー、アラチャン」服を選びながら、美和が言う。「お母さんにはナイショの話ね」

「うん？」

辺りに母親の姿がないのを確認してから、美和が続けた。

「こんど、えいちくんに、手話をおしえてくれない」

「えいちくん？」

問い返して、ああ、例の、と気づく。不登校のクラスメイト。美和の気になる相手だ。

「何でえいちくんに手話を？」

不登校の原因と何か関係があるのか。

「えいちくん、しゃべれないんだよ」

「しゃべれない？」荒井は驚いて訊いた。「えいちくんってろう児だったのか？」

「そうじゃないの」美和は首を振る。「耳はきこえるけど、しゃべれないの」

ということは、聴唖児《ちょうあじ》、か。荒井は、今まで聴唖児はもちろん、「話せない人」とは接したことがなかった。

「完全にしゃべれないの？」

「うーん、おうちではちょっとは話すみたいなんだけど。お母さんとかとは」

では聴唖児ではないのか。要領を得ないので詳しく訊いてみる。話がいったりきたりしながらもなんとか聞き出したところによると、

「うるしばらえいち」というその少年は、母親との二人暮らし。家の中で母親といる時には少しは会話があるようだが、えいちくんが外に出ると、人前では一切しゃべることができなくなるという。美和も学校でえいちくんが言葉を発するのを聞いたことがない、と。

「でも、もしかしたら手話ならしゃべれるかもしれないでしょ。美和、そうおもったのよ」

「そうだな……」

相槌《あいづち》を打ちながらも、多少疑わしく思っていた。確かに手話を覚えれば「声を発しなくとも話す」ことはできるようになるかもしれない。だが、たとえ手話をマスターした

としても周囲には通じないのだ。そもそも、本人や家族がそれを望むかだ。

「まあ機会があれば教えるのは構わないよ」

とりあえずそう答えた。

「もちろん、本人と、その子のお母さんがいいっていうならだけど」

「やった！」

曖昧な約束であるのに、美和は小躍りした。

「準備できた？」

みゆきがリビングに入ってきて、美和との内緒の話は終わった。

支度を済ませ、玄関に向かう。

「美和ねー、今日、アンパンマンハッピースカイのるんだ」

「あれ、高いの怖いんじゃなかったっけ」

「うん、でもね、がまんしてのるの」

二人が会話をしながら靴を履くのを背に、玄関のドアを開けた。

「おっと」

チャイムを押そうとしたところだったのか、外に立っていた男が体を引いた。

「なんだ、出かけるところか」

挨拶も抜きに、無遠慮な声が飛んでくる。

「はい、まあ」反射的にそれだけ返した。

そこでようやく男は、「久しぶりだな」と口にした。

短軀《たんく》だが、スーツの上からでも分かるがっしりとした体つき。ぶっきら棒な物言いは相変わらずだ。

そこにいたのは、埼玉県警の刑事、何森稔《いずもりみのる》だった。

口癖

横山秀夫

横山秀夫（よこやま・ひでお）
一九五七年東京都生まれ。国際商科大学（現・東京国際大学）卒。上毛新聞社での十二年間の記者生活を経て、作家として独立。一九九八年「陰の季節」で松本清張賞、二〇〇〇年「動機」で日本推理作家協会賞を受賞する。著書に『クライマーズ・ハイ』『影踏み』『臨場』『ルパンの消息』『震度０』『64』『ノースライト』など。

1

火曜と木曜は、ごみ出し、トーストの朝食、家裁の家事調停委員会。いつしか、そんな生活のリズムが出来上がっていた。

関根《せきね》ゆき江は、グレーのスーツを着込んで居間に戻ると、テレビ画面の時刻表示に目を凝らして腕時計の遅れを修正した。少々急がねばならない。九時二分のバスを逃せば次は三十分後だ。それで行っても十時開始の調停にはぎりぎり間に合うのだが、調停委員が息せき切って部屋に駆け込むのでは格好がつかない。それに今日担当するのは離婚調停の新件だ。当事者と会う前に、ペアを組む調停委員と意見交換をしておく必要もある。

昼過ぎには戻ると夫に告げ、ゆき江は慌《あわ》ただしく家を出た。玄関に飾ったツユクサの白い花が残像を引いた。自分の誕生日だった昨日、ふと思い立って活《い》けたものだ。五十九という年齢に特別な感慨はなかった。電話をくれた娘たちがからかい半分口にした「とうとう」とか「いよいよ」に何も感じなかったと言えば嘘《うそ》になるが、男のように「六十歳——定年——老後」の図式が刷り込まれているでもなし、老境を意識するということなら、初孫を腕に抱いた四年前のほうがよほど実感があったように思う。

バスの座席は皺《しわ》深い顔で七割がた埋まっていた。男はみな寡黙《かもく》だが、女たちは姦《かしま》しい。悪いのは嫁であり、お隣とお向かいであり、夫の親戚筋である。落語の持ちネタを連想させるそれらの話は、そのまま総合病院の待合室に場所を移して延々続けられるのだろう。ゆき江は、総合病院の二つ手前の「裁判所前」で降車ブザーを押した。その一瞬が好きだ。解放感と小さな優越感とが混じり合って指先を躍らせる。

F家裁は独立した建物ではなく、地裁庁舎の二〜三階部分に併設されている。陽光をふんだんに取り込む南側の廊下には、その場の明るさとは対照的に、深刻な家庭内のトラブルを抱えた人々の陰鬱《いんうつ》な顔が行き交う。

ゆき江は正面の階段を上がり、家裁書記官室のドアを静かに押し開いた。

「おはようございます」

明るく声を掛けてきたのは堀田《ほった》恒子《つねこ》だった。三十代半ばの家事部の書記官だ。年長者のあしらいが巧《うま》く、女性書記官にありがちなツンと取り澄ましたところがない。実際には二階フロアを仕切る「お局《つぼね》様」なのだと耳にしたことがあるが、そんなこととは露知らず、男の調停委員たちは恒子を褒めそやす。世の中、あんたみたいな奥さんばかりだったら離婚調停だって減るだろうに——。

その恒子の長い指が書類を捲《めく》る。

「えーと、関根さんは新件ですよね？」

「そうです」

ゆき江は、いつもながらのもたついた手で出勤簿に印鑑を押すと、恒子に顔を戻した。

「綿貫《わたぬき》さんはもういらしてます？」

「ええ、先ほど控室に行かれましたよ」

普通に答えてから、恒子はひょっと同情顔を作って声を潜めた。

「大変ですね、綿貫さんが相調《あいちょう》じゃ」

ゆき江は笑い損ねた顔で曖昧《あいまい》に頷《うなず》いた。

相調——ペアを組む調停委員の片割れをそう呼ぶ。相性のいい人間と組みたいと考えるのが人情だが、誰が相調になるかは委員の与《あずか》り知らぬところで家事部が決める。要はクジ運がいいか悪いかの世界だ。家裁調停の現況について、「調停委員の当たり外れが激しすぎる」といった批判の声をよく耳にするが、当の委員にしてからが、相調の当たり外れに一喜一憂しているというのが本当のところなのだ。

今回は大外れと言っていい。

六十八歳の元中学校校長、綿貫邦彦《くにひこ》は頑固で融通がきかない。「別れたがる妻」に殊《こと》のほか厳しいことでも知られている。前に一度、離婚調停で綿貫と組んだ時、ゆき江は男尊女卑なる四字熟語が不死である現実を痛感したものだった。男の調停委員、とりわけ高齢の委員に「貞淑な妻」「糟糠《そうこう》の妻」を求める傾向が強いのは無理からぬこととして、しかし、夫の度重なる暴力に耐えかねて調停に縋《すが》った妻に対して、開口一番、「子供を父《てて》なし子《ご》にする気か」と詰め寄り、大泣きさせてしまった綿貫の居丈高な態度にはただ呆《あき》れるほかなかった。

ゆき江は書記官室を出て調停委員控室に向かった。今日開始される調停も「別れたがる妻」が申し立てたものだ。しかも子供が三人いる。半月前、相調が綿貫だと知らされた時から、ゆき江はそれなりに気持ちを引き締めていた。自分が意識的に妻の側に肩入れしなければ、著しく公平さを欠くことになりかねない。

控室には既に十五人ほどの調停委員が来ていて、茶飲み話に花を咲かせていた。新件に臨むペアが二組、話の輪から外れたテーブルで打ち合わせをしている。綿貫は窓際に突っ立っていた。こちらに背を向けている。新緑眩《まぶ》しい中庭の木々を眺めているふうだ。

「綿貫さん――」

声を掛けると、表情のない顔がゆっくりと振り向いた。

ゆき江は丁寧に頭を下げた。

「関根です。今回またご一緒させて頂くことになりました。どうぞよろしくお願い致します」

「ああ、よろしく……」

いつもの尊大さがなかった。両眼《りょうめ》もどんよりと濁っていて覇気が感じられない。まるで別人のようだ。

「綿貫さん、お身体《からだ》の調子でもお悪いのですか」

テーブルにつき、五分ほど打ち合わせをしたところでゆき江は尋ねた。どうにも話に乗ってこない綿貫に業《ごう》を煮やしてのことだった。

「いや、実は……」

綿貫はあっさり吐露した。市の定期検診で胸部のレントゲン撮影をしたが、よからぬ影でも見つかったのか、昨日になって保健センターから再検査の通知が届いたのだという。

それしきのことで——。

耳に馴染《なじ》んだ言葉がゆき江の喉元《のどもと》にあった。

一昨年《おととし》死んだ母の口癖だった。気丈でプライドが高く、子供の躾《しつ》けにも厳しい人だった。くよくよしていると必ずその言葉を浴びせられた。それしきのことで泣いてどうするの。それしきのこと、さっさと忘れておしまいなさい——。

知らずにゆき江も引き継いだ。きつい口調でよく使ったものだ。内弁慶だった二人の娘に。社会から逃避しようとする夫に。そして何度となく挫《くじ》けそうになった自分に向けても。

ゆき江は顔を取り繕《つくろ》った。健康に自信をなくした男の脆《もろ》さは知っている。

「きっと間違いですよ。あんな妙ちきりんな車の中で撮影するレントゲンなんて信用できませんもの」

「だといいんだが……」

綿貫は強がりすら忘れていた。三年前に妻を亡くしている。付き添いのいない孤独な入院生活を早々と想像してしまった顔だった。

今日はあんたが主導で進めてくれ。そう言い残して綿貫はトイレに立った。

ゆき江は一つ溜《た》め息《いき》をつき、テーブルに広げた書類に目を落とした。

『平成十四年（家イ）第315号　夫婦関係調整事件』

『申立人　菊田《きくた》好美《よしみ》（29歳）』

『相手方　菊田寛治《かんじ》（30歳）』

綿貫があんな状態のままなら、ことこの調停に限り、菊田好美という女は幸運を引き当てたと言えるかもしれなかった。

ゆき江は書類を読み進めた。既に二度ほど目を通しているので大体のことは頭に入っていた。

菊田と好美は高校時代に付き合い始め、八年前に結婚した。子供は女の子ばかり三人で、八歳、六歳、五歳。長女の年齢から察するに、最近流行《はや》りの「できちゃった結婚」だったということだろう。数年前から夫婦の関係が冷えきり昨年別居。好美は現在、娘たちを連れて実家に戻っている。その好美のほうから再三に渡って協議離婚を申し入れたが菊田は応じず、今回の調停に至った。

理由は——。

調停を申し立てた好美の動機欄には、例示されている項目の半分以上に丸が付けられている。「性格が合わない」「異性関係」「酒を飲みすぎる」「浪費する」「精神的に虐待する」。二月前に行われた家裁調査官の聴取に対しては「夫と一緒にいるくらいなら死んだほうがマシ。一刻も早く離婚したい」とストレートに心情を訴えている。

ゆき江はドアに目をやった。元検事の委員が入室してきたところだった。相調の元保健婦が頭を下げている。

綿貫はトイレから戻らない。直接、三階の調停室に向かったのかもしれないとゆき江は思い、時間は少し早いが書類を抱えて控室を出た。

階段を上り始めてすぐだった。上方に菊田好美の背中を見つけた。脳がそう判断したのは、地味なスーツ姿の彼女が、書類にあった年齢に符合する三人の女の子を連れていたからだった。上の二人は揃《そろ》いのワンピース姿だ。末娘とおぼしき園児服の女の子は白髪交じりの初老の女と手を繋《つな》いでいた。好美の母親と見て間違いなさそうだ。

末娘が笑った。どうした拍子か、次女の靴が片方脱げてしまったからだった。

一声掛けよう。小さな決心をしてゆき江は階段を上る足を速めた。私が担当します。あまり緊張しないで。それぐらいのことは言っても差支えないだろうと思った。階段を上がりきったところで追いついた。ゆき江の足音に気づき、好美と母親が同時に振り向いた。

ゆき江は息を呑《の》んだ。

なぜ自分がそんな反応をしたのかわかるまでに数瞬を要した。見覚えがあったのだ。好美に。いや、母親のほうの顔に。

その母親が緊張した面持ちでゆき江に会釈した。

「すみません。待合室はどちらでしょうか」

ゆき江は右を指さした。言葉は不自然なほど遅れて出た。

「申立人の待合室ならあちらです」

「あの——」

今度は好美が口を開いた。おどおどしている。

「相手方と一緒になることはないんですよね？」

「ありません。待合室は別々ですので御心配なく」

頭を下げる二人に背を向け、ゆき江は調停室の並ぶ廊下に足を向けた。

その足が微《かす》かに震えていた。

まさかと思う。

しかし見間違うはずがない。「あの女」の顔に限って――。

ゆき江は第三調停室に入った。綿貫の姿はなかった。投げ出すようにして書類の束を机の上に広げ、せわしい手で捲った。動悸《どうき》が激しかった。戸籍謄本を探り当てる前に、身分関係図に書き込まれた苗字《みようじ》が目に飛び込んできた。

身体中の汗腺が開いた気がした。

やはりそうだった。

菊田好美の旧姓は『時沢《ときさわ》』――。

2

しばらくは呆然《ぼうぜん》としていた。

ゆき江は壁の時計に目をやった。調停開始まであと十五分ある。椅子に腰を下ろした。心を落ちつかせるためにそうした。

知人――そうであるなら、規則に従ってこの調停から下りねばならない。大都市とは違う。地方で長年調停委員をしていれば、誰しも一度や二度はこうしたケースにぶつかる。ゆき江も昨年経験した。新件として回ってきた養子縁組無効事件の申立人が顔見知りの地名研究家だった。ゆき江は大学を出てから県立図書館で長く司書をしていた。その時分、彼の資料調べを何度か手伝ったことがあったので、書記官に事情を話して別の委員に交代してもらったのだ。

だが……。

菊田好美。その母親の時沢糸子《いとこ》。彼女らは果たして知人と呼べるだろうか。二人と話をしたことは一度もない。顔見知りと言ったって、ゆき江が一方的に知っているだけのことなのだ。

ゆき江は目を閉じた。

叢雲《むらくも》のように当時の記憶が蘇《よみがえ》る。十二年前、いや、もう十三年前になるのか。

当時は県営の「マンモス団地」に住んでいた。長女のみずきが食品卸問屋に就職し、下の奈津子《なつこ》が県立高校の二年生に進級した年だった。小学校教諭だった夫の房夫《ふさお》は、二年間の休職を経て三月《みつき》前に教職を辞していた。自律神経失調症。当初の病名はやがて心身症に書き換えられ、精神科への通院を余儀なくされた。

ゆき江は人生の視界を失っていた。追い打ちを掛けたのが奈津子の不登校だった。梅雨明け間もない七月、奈津子が突然学校に行かなくなったのだ。

体調が悪いの。奈津子は毎朝布団《ふとん》を被《かぶ》ったままそう言った。どこがどう悪いのか尋ねても答えない。熱も計らせない。それしきのことで――。最初のうちこそ発破《はっぱ》をかけたが、次第に心配になった。とにかく一度病院で診てもらおうと寝床の手を引くと、奈津子は泣き叫んで激しく抵抗した。普通ではなかった。その段になって、身体の不調や怠学ではなく、自分の娘が不登校という現実に直面していることを悟った。

ゆき江は困惑するばかりだった。奈津子が不登校に陥った原因が思い浮かばなかった。学校の成績はまずまずだったし、本人からも個性豊かな先生が多くて授業は面白いと聞かされていた。マンドリン愛好会の練習をさぼったこともなかった。野球部のマネージャーのようなこともやっていて、男の子から家に電話が掛かってくることもあった。奈津子は楽しい青春時代を過ごしている。ずっとそう思っていた。

だが……。

いじめに遭っているのかもしれない。ゆき江が漠然とした疑いを抱いたのは、奈津子が滅多にクラスの話題を口にしないことに思い当たったからだった。奈津子は「そんなのない」ときっぱり否定した。学校にも出向いてみたが、クラス担任は首を捻《ひね》るばかりだった。そんな折、奈津子が大切にしていた陶製の貯金箱が押し入れの中から消えているのに気づいた。幼い頃からお年玉を貯《た》め込んでいて、銀行に預けなさいと言っても、貯金箱を割るのが嫌だと聞き入れなかった。十万円。いや、それ以上入っていたろう。いったい何に使ったのか。ゆき江が問いただすと、奈津子は「知らない」と言い張り、最後には「泥棒に入られたのかもしれない」「お姉ちゃんが盗んだんだと思う」と出まかせを言い募った。

奈津子の態度が和らいだのは夏休みに入ってからだった。自室に籠《こ》もる時間が減り、わずかながら表情に明るさも戻った。学校が休みであることが奈津子に変化をもたらしたのは明らかだった。それは、いじめの存在を改めて疑わせもした。貯金箱のことも気掛かりだった。誰かに金を脅し取られていたのではないのか。折しも学校内での悪質な恐喝事件があちこちで明るみに出て、連日新聞やテレビを賑《にぎ》わしていた。

不安と疑念を胸に抱えつつも、奈津子が少しずつ持ち直していくさまを、ゆき江は救われる思いで見守っていた。何があったか知るのは後回しでいい。奈津子が以前の奈津子に戻ってくれることをただ望んだ。その思いが伝わってか、奈津子はゆき江を煙たがらなくなり、お盆を過ぎた頃には誘えば買物にもついてくるようになった。なのに——。

近くのスーパーでのことだった。傍《かたわ》らの奈津子が刺し身を食べたいと言うので特売の品に目を這《は》わせていた。

視線を感じた。

顔を向けると、通路の先に背の高い少女が立っていた。奈津子と同じ高校の制服。手にはテニスラケットを挟んだスポーツバッグを下げていた。

怖い目。ゆき江はそう感じた。少女は顎《あご》を引き、挑むようにこちらを見つめていた。その時ゆき江を見ていたのではない。少女の視線はまっすぐ奈津子に向けられていた。その時の、奈津子の反応が忘れられない。俯《うつむ》いた顔は紙のように白く、微かに唇を震わせていた。「誰？」と小声で聞いたが答えなかった。ゆき江が通路に目を戻すと、少女は菓子の袋を手に歩きだしたところだった。レジの近くで母親らしき女と合流した。軽いウェーブのかかった栗色の髪。スカイブルーのサマーセーターに花柄のフレアスカート。都会の空気を身に纏《まと》ったような印象を与える華やかな女だった。

その日を境に奈津子はまた外出をしなくなった。ゆき江は思い切って聞いた。「あの娘《こ》にいじめられているんじゃないの？」。奈津子は目を剝《む》いて叫んだ。「ほっといて！余計なことしたら、あたし死ぬからね！」――。

夫に相談できないのが辛《つら》かった。

家には不登校の子供が二人いるのも同じだった。房夫は自室に籠もっていることが多かった。何もせず、何も語らなかった。

心身症という病名が、ゆき江を苦しめもした。姑《しゅうとめ》は世間体を気にした。房夫が精神科に通院していることを誰にも漏らすなと再三言ってきた。房夫の将来だけでなく、みずきと奈津子の結婚にも響くと声を潜めた。ゆき江もそのことを最も恐れていた。心の病を疎《うと》んじ、蔑《さげす》んでいた。自分の祖父母や両親から至極当然のこととして刷り込まれた根深い偏見は、たとえ自分の夫だからといって易々《やすやす》と消えてくれるものではなかった。

スーパーで会ったあの母娘《おやこ》が、県営住宅の一番南に位置するK棟の「時沢」であることは、町会役員からそれとなく聞き出した。一人娘の好美は奈津子と同じ二年生で、隣のクラスの生徒だということもわかった。

何度押しかけようと思ったことだろう。好美は奈津子に何をしたのか。それを突き止め、謝罪させ、二度と奈津子に近づきませんと約束させたかった。

ゆき江はとうとう実行しなかった。悔いが今も棘《とげ》のように胸に残っている。余計なことをしたら死ぬと奈津子は言ったが、そうまで言わせた苦しみの深さを思えば、母親として、娘の苦悩を取り除くために「時沢」のドアを叩《たた》くべきではなかったか。

怯《おび》えていたのだ。団地内で揉《も》め事を起こしたくなかった。騒ぎ立てれば奈津子の不登校が人の噂《うわさ》にのぼる。房夫の病のことまで知られてしまうかもしれない。だから、ゆき江は行動が起こせなかった。ビクビクしながら日々を過ごしていた。世間の目と耳と口をなにより恐れていた。

ゆき江は目を開いた。

当時の思いが胸を埋めつくして痛みを感じるほどだった。

壁の時計に目をやる。調停開始まであと三分。まだ迷っていた。知人ではない。だが、時沢母子に特別な感情を抱いていることは否定のしようもない。非常勤とはいえ、調停委員は国家公務員だ。やはり下りるべきか。

ゆき江は再び目を閉じた。

真っ赤なスターレットが瞼《まぶた》に浮かんだ。

時沢糸子。彼女は幸せそうだった。ゆき江と同じ団地住まいでありながら、洒落《しゃれ》た服を着て、高い肉を買い、自分専用らしきスターレットで美容院に乗り付けていた。ピカピカに磨き上げられたそのスターレットによく追い越された。団地からスーパーへ向かう坂道の途中だった。汗だくでペダルを漕ぐゆき江の自転車籠《かご》にはいつも安売りのチラシがあった。房夫の面倒をみるため、長年勤めた図書館司書の仕事は辞めていた。マイホーム用の貯金を切り崩して月々の部屋代を払い、姑が口止め料のように寄越《よこ》す金を医療費に充《あ》て、勤め始めたばかりのみずきの薄給で一家四人食べていた。これしきのことで――口の中で繰り返すうち涙が溢《あふ》れたこともあった。

秋になって団地から赤いスターレットが消えた。

郊外に大きな家を建て、越して行ったのだという話がしばらくして聞こえてきた。夫は空調設備会社の課長で、だから新居はセントラルヒーティングなのだと言う人もいた。

しかし、その後はどうしたのか。

さっき目にした時沢糸子の老け込《ふ》みようといったらなかった。白髪交じりだったせいもあるだろう。確かゆき江より三つ四つ下のはずだが、六十をとうに過ぎているように見えた。体型も崩れ、ウエストにゴムが入ったようなズボンを穿《は》いていた。とてもではないが郊外のお屋敷で悠々自適の老後を送っているようには見えなかった。

知らずにゆき江の顔は綻《ほころ》んだ。

奈津子は行ったり行かなかったりの高校生活を過ごしたが、どうにか卒業だけはできた。歯科衛生士の資格を取り、勤めた歯科医院の跡取り息子に見初《みそ》められて絵に描いたような玉の輿《こし》に乗った。披露宴の席上、新郎が読み上げた一文がまだ耳に残っている。

「こんなにも優しく、しっかりとした女性に育ててくださったご両親に深く感謝致します」。一昨年、子供もできた。奈津子は幸せそうだ。真っ赤なドイツ車を走らせて、月に一度は孫の顔を見せにやってくる。

あっちはどんな育て方をしたのか。

若くしてろくでもない男とくっつき、三人の娘をもうけながら、挙げ句は離婚したいと家裁に泣きついてきた。

勝った。あけすけな感情が脳を突き上げた時、調停室のドアが開いた。

綿貫だった。

「あれ？　まだ来てないのか」

ゆき江は腕時計を見た。十時丁度だった。

「じゃあ、呼んでくるか」

頷いていた、心は。

「どうした？　まだ呼んじゃまずいかい？」

ゆき江は視線を上げて言った。

「お願いしてよろしいですか」

「ああ。お安い御用だ」

ドアが閉まった。

仕返しではない。ただ、時沢母子の「その後」を覗《のぞ》き見てみたい。昔と今の立場が逆転した事実を、自分の目と耳で確認したかった。

後ろめたさはなかった。

ゆき江は右腕を摩《さす》った。あの坂道の、赤いスターレットの風圧がはっきりと感じられていた。

3

綿貫が部屋に戻り、ゆき江の横の椅子にどっかと腰掛けた。ややあって、ドアにノックの音がした。

「失礼します」

菊田好美は俯き加減に入室し、おずおずと正面の椅子に腰を下ろした。そうしてから、ゆき江の顔を見つめ、あっ、と小さく叫んだ。

鳥肌が立ったが、次の瞬間、好美は頭を下げた。

「さっきはご親切にありがとうございました」

そう、気づくはずがなかった。ゆき江は名乗っていないし、好美とニアミスをしたのは十三年も前。しかも一度きりのことなのだ。ゆき江にしたって、階段にいた母娘《おやこ》を二人同時に見たからこそ思い当たったのだ。仮に今日、時沢糸子が付き添いに来ていなかったとしたら、あの日スーパーで会った少女の顔と好美をダブらせることなどできなかったろう。

「どういたしまして」

抑揚なく答えて、ゆき江は綿貫に顔を向けた。すぐさま、「どうぞ」の目配せが返ってきた。実際に調停が始まれば主導権を握りたがるに違いないと思っていたが、読みが外れた。内心期待していたのだ。綿貫がいつもの峻烈《しゅんれつ》さで好美を責め立ててくれることを。

ゆき江は机に身を乗り出して指を組んだ。

「最初にお話ししておきますが、調停というものは裁判と違って、善悪や白黒の決着をつける場所ではありません。私たち調停委員が間に入り、双方が納得できる公正で妥当な合意を探し出す場です。私たちは一緒に知恵を絞り、協力を惜しみませんが、あくまで、あなたたち夫婦の問題であり、あなたたち自身が解決策を考えるのだということを忘れないで下さい」

菊田好美は身じろぎもしない。神妙に聞いている。ゆき江の目にはそう映っていた。

「それから、今ここにはいませんが、調停委員会は私たち調停委員二人と家事審判官の三人で組織されています。審判官は現職の裁判官で、毎回私たちが書く報告書を読んで——」

「あのぅ」

やにわに好美が心配そうな声を出した。

「毎回って、全部で何回やるんでしょう？」

ゆき江は呆気《あっけ》に取られた。話を遮《さえぎ》られたのもそうだが、まだ聴取も始まらないうちから調停の回数を教えろという。

一つ咳払《せきばら》いをして答えた。

「ケースバイケースですが、三回から六回ぐらいが多いようです」

「六回？　それだと、どれぐらい掛かるんですか」

「調停はだいたい月に一回のペースで行われますから——」

「じゃあ半年？」

　またも遮られ、ゆき江は好美を小さく睨んだ。いったいどういう育てられ方をしたのか。

「半年も待てません。本当にもう早く別れたいんです。とにかくひどい人なんです。最低の男です。父や母や友だちもみんな別れたほうがいいって——」

今度はゆき江が話を遮る番だった。

「ちょっと落ちついて。一つ一つちゃんと聞いていきますから」

ゆき江は書類を捲った。意識して言葉を崩す。

「高校時代から付き合っていたのね？」

「本当言うと、中学三年の時からです。しつこく言い寄られて仕方なく付き合ったんです。あの人、マセてました。当時からすごく女好きだったんです」

青春時代の想《おも》い出《で》まで丸ごと離婚材料に使う腹積もりのようだ。

「でも、最初はあなたも好きだったんでしょう？　六年も付き合って、結婚までしたわけだから」

好美は微かに困った表情を覗かせたが、夫をなじる勢いは衰えなかった。

「同じ高校に行ったので、それでズルズルという感じでした。あの人、独占欲がものすごく強いんです。私が他の男の子とかに興味を示すと怒鳴りつけたりして。何度かぶたれたこともありました」

「きっと、あなたのことが好きでたまらなかったのね」

暴力夫の片鱗《へんりん》を伝えたつもりが、言葉を逆手に取られて好美はムッとした。綿貫はゆき江の顔をちらりと見た。夫側に肩入れしたともとれる発言が意外だったのだろう。

ゆき江は無言で書類を捲った。

高校時代の話を引っ張りたかった。なぜ好美は奈津子をいじめたのか。金を巻き上げたのも好美だったのか。会話の中から探り出す手立てはないかと思案を巡らしていた。だが、この調停の場でこちらから水を向けるのが難しいことも十分にわかっていた。

「あの人に、私と別れてくれるよう命令して下さい」

ゆき江の眼前で、肌も心も荒らした憐《あわ》れな女が口を尖《とが》らせている。奈津子を思い浮かべた。赤ん坊を抱き、ピカピカの外車から降りてくる笑顔の奈津子だ。

ゆき江は小さく息を吸った。

「それでは具体的なことを聞いていきます。まず、調停を申し立てた動機。たくさんあるようね」

「ええ」

「ご主人の異性関係を疑っているんでしょう？」

「そうです。いっぱい浮気してました」

「不貞の証拠とかは持ってるの？」

「そんなのありませんけど、わかります」

「なぜわかるの？」

「ホテルのマッチとか香水の匂いとか、携帯だってしょっちゅう鳴ってたし」

問われて出まかせを口にしたように感じられた。

「精神的な虐待。これはどういうこと？」

「いろいろです。数えきれません」

「例を挙げてみて」

「私のことを無視したり、他の女の人のことを大袈裟《おおげさ》に褒めたり。あそこんちの奥さんは続けて男の子を産んだとか」

「ご主人は男の子を欲しがってるの？」

「嫌味で言ってるだけです。子供なんかちっとも可愛《かわい》くないんです。別居してから一度だって娘たちに会いに来ないんだから」

好美は苛立《いらだ》ちも露《あらわ》に荒い息を吐き出した。

「ねえ、こんな話いくらしたってしょうがないでしょう。それより、あの人のほうを説得して下さいよ。向こうがうんって言えばすぐに別れられるんだから」

ゆき江は書類の綴《つづ》りを閉じた。それなりの間を作ったが、綿貫の怒鳴り声は響かなかった。こんな時、男は自分のためだけに生きているのだと思い知る。

好美のむくれ顔を見つめ、ゆき江は低い声で言った。

「そんな簡単なことじゃないのよ。三人も娘さんがいるんだし」

「ちゃんと私が育てます」

「ここに来る前、ご主人と養育費の話とかしたことあるの？」

「それなんですよ。あの人、慰謝料とか養育費を払うのが嫌で別れないんです」

「そう言ったの？」

「言わないけど、そうに決まってます」

何もかもが自分を中心に回っている。

ゆき江は、目の前の好美を透かして時沢糸子の顔を見つめていた。

喉元にあった質問が押し出された。

「今、ご実家にいるのよね？」

「そうです」

「離婚した後はどうするの？」

「出ようと思ってます。家が狭いですから」

「狭い……？」

思わず聞き返していた。

「ええ。昔は大きい家に住んでいたんですけど、父の勤めていた会社が倒産して、今は小さな借家だから」

背筋がぞくりとした。悪寒とも快感ともつかなかった。

「大変だったわね」

ゆき江は、好美の鼻を見つめて言った。

好美の瞳が一瞬怪訝《けげん》そうに翳《かげ》った。言葉の意味とは異なる響きを感じ取ったに違いなかった。

ゆき江は目線を上げた。十時四十分。相手方の菊田寛治を呼ぶ時間だった。

「これからご主人の話を聞きます。終わったらもう一度入ってもらいますので、それまで待合室でお待ち下さい」

好美は、その場に未練でもあるかのようにゆっくりと立ち上がった。ゆき江と綿貫を交互に見て哀願口調で言った。

「お願いします。別れさせて下さい。確かに楽しい頃もありました。あの人は野球部のエースでカッコよかったし、うんと優しくしてくれたこともあったんです。でも、もうダメなんです。お互い気持ちがすっかり離れてしまったんです。あんまり無理は言いません。もちろんお金は欲しいですけど、早く別れてくれるというのなら、たくさんでなくていいです。あの人にそう言って下さい」

好美は頭を垂れ、哀願の瞳を残して部屋を出ていった。

ゆき江は綿貫を見た。

「どう思いました？」

「大至急別れたい、金も要らないとなれば、ピカイチの当てがあるってことだろう」

綿貫は詰まらなそうに言った。バツイチならぬピカイチ。好美に情を通じた男がいて、密《ひそ》かに再婚の準備を進めているという読みだ。

ゆき江も同じことを考えていた。好美の言動があまりに芝居染みていたからだ。それに彼女は化粧も服も女を捨てていなかった。

調停委員をしていればわかる。ピカイチの比率は確実に高まっている。女が強くなったということだ。時代や世論を味方につけ、バツイチであることなど気にせず新しい恋に走れるようになった。その一方で、女を自分に添わせる努力も能力もなくしてしまった男が増えているのではないかとゆき江は思う。男の扱い方を知り抜いた「出来上がった女」に甘え、従い、安らぎを求める。そんなひ弱で恋愛下手の男たちがピカイチを増殖させているような気がしてならない。

「相手方を呼んできます」

綿貫に一声かけて、ゆき江は廊下に出た。

ことさら好美を責める気にはならなかった。川に落ちた犬が中州に這い上がれた幸運を、目を細めて見守る心の余裕が今のゆき江にはあった。

4

野球部のエースでカッコよかった。菊田寛治は、女にちやほやされた時代の自意識をいまだに引きずっていそうな目つきをしていた。髪はオールバック。襟の高いシャツのボタンを二つ外している。

綿貫はまたしてもお任せの顔だ。

「奥さんのほうの離婚の決意は固いようですよ」

ゆき江が切り出すと、菊田は頭をぼりぼり掻《か》いた。こんなところへは来たくなかったと顔に書いてある。

「菊田さん、いったいどうしてここまで拗《こじ》れてしまったんでしょう?」

「さあ……」

「あなたの浮気が原因ですか」

菊田は顔の前で手を振った。

「してませんよ。そりゃあ、大昔には何度かあったかもしれませんけどね」

三十歳の男の「大昔」とはいつのことなのかと思う。

「それでは何が原因です？」

「うーん、性格が合わないというか、あいつ、すっかり変わっちまったし」

「けれど離婚はしたくない？」

「ええ、まあ……」

「なぜです？　お金のことですか」

菊田は舌打ちした。

「好美のやつ、そんなこと言ったんですか」

「いえ、奥さんが言ったんじゃありません」

ゆき江は慌てて否定した。

「子供さんが三人いるわけですから、一般的に考えて養育費は嵩《かさ》みますよ」

「それぐらいはどうにかなります」

声に虚勢が籠もった。ゆき江の手元にある書類の職業欄には「ヤナカ物産勤務」と記されている。聞いたことのない会社だ。

「だったら離婚に同意しない理由は何です？　奥さんのことがまだ好きなんですか」

「まさか」

菊田は吐き出すように言った。

「あんなヒステリーと暮らすのはこっちだって御免ですよ」

ゆき江は菊田をジッと見つめた。ならばなぜ？　しばらくそうしていた。

菊田が観念したように溜め息をついた。

「だって、みっともないでしょうが。一方的に離婚しろとか言われて、はいそうですかって判はつけないですよ」

男の面子《メンツ》を潰されたということだ。腹いせに意地を張っている。

少し間を取って、ゆき江は静かに言った。

「やり直す気がある、というわけではないんですね？」

「ありません」

菊田はきっぱりと言った。

ゆき江は綿貫に顔を向けた。視線もきつく促した。ここは男と男で話せ。

「んー、まあ、そうだな……」

綿貫は椅子の背もたれから体を起こした。

「このままだと埒《らち》が明かないな。二、三回調停してダメなら、奥さんのほうは本裁判を望むだろう」

「裁判……」

菊田の顔が曇った。

「そう。ここと違って公開になる。君の友人知人が証人で呼ばれることもある」

今度は顔に脅《おび》えが走った。

「会社の人間とかも?」

「必要とあらばな」

「それ困ります。会社には別居してることも話してないんですから」

面子に加えて保身。次々と菊田の地金《じがね》が見えてくる。

「その辺のところもよく検討してだ、次回までに少し気持ちをまとめてくるといい。やり直す気があるか、ないか。離婚するのだとすれば、どういう形が望ましいか。問題から逃げずに、じっくり考えてみたまえ」

張り子の虎は、自分に言い聞かせたほうがよさそうな説教で締め括《くく》った。

菊田はすっかり悄気《しょげ》返って廊下に消えた。ゆき江もすぐに席を立った。もう一度、好美を部屋に呼ぶ。だが――。

廊下に出たゆき江は立ちすくんだ。菊田もそうしていた。

三人の娘たちがいた。肩を寄せ合うようにして中立人待合室の前に立っている。こちらを見つめている。父親を見る目ではなかった。感情に乏しい六つの瞳――。

菊田は逃げるように階段を下りていった。

娘たちの後ろから好美が顔を覗かせた。すぐに目が合った。一つ頷き、ゆき江は部屋に戻った。

正体を見た思いだった。

今日は平日だ。好美は学校と幼稚園を休ませて娘たちをここへ連れてきたのだ。あんなことをさせるために——。

好美が入室した。殊勝な態度で椅子に腰を下ろした。ゆき江はその顔を見据えた。性悪女。日々、父親の悪口を娘たちに吹き込んでいるのだ。あんな男は、あなたたちのお父さんじゃない、と。時沢糸子が好美を育て、その好美が三人の娘を育てている。恐ろしいことに思えてならなかった。

ゆき江は膝に爪を当てて口を開いた。

「話し合いの余地がまったくないわけではなさそうです」

好美の顔がパッと輝いた。

「ホントですか」

間髪を入れず釘《くぎ》を刺す。

「すんなりとはいきませんよ」

「えっ……?」

「あなたの話はすべて曖昧。ご主人に大きな落ち度があるとは思えません。不貞の証拠とか、あなたは何も持ってないでしょう?」

「そ、それはそうですけど……」

「それにね、離婚するにしても決めなくてはならないことが山ほどあるの。財産分与、慰謝料、養育費、親権や監護養育。面接交渉権――半年から一年、じっくり話し合う必要があると思います」

「一年！」

好美は食ってかかってきた。

「冗談はよして。そんなに待ってられません」

「そんなに待ってもらえない。そうなんじゃないの？」

好美の目が見開かれた。みるみる顔が紅潮する。

「関根さん――」

綿貫が割って入ろうとしたが、ゆき江は構わず続けた。

「いいこと？　覚えておきなさい。仮にあなたのほうに不貞が発覚したら調停はさらに拗れて長引きますからね」

「じゃあ裁判にします！」

好美は甲高い声を上げ、綿貫に懇願の顔を向けた。

「お願いします。裁判にして下さい」

「お生憎《あいにく》さま」

強い言葉で好美の顔を引き戻した。

「調停前置主義と言ってね、調停が不成立にならないと裁判は行えないの」

好美は目を剝いた。

「ふざけないでよ！　こんな馬鹿馬鹿しいこと、一年もやってられないわよ！」

ゆき江は書類綴りの角で机を叩いて立ち上がった。

「バラ色の人生が待ってるんでしょう？　それしきのこと、我慢なさい！」

5

裁判所の近くで買物を済ませ、自宅に戻るともう一時近かった。いつものように房夫はお茶一杯飲まずに待っていた。

「すぐ出しますから」

ゆき江はパック詰めの寿司を皿に移し、手早くおすましを作って居間に戻った。

「ちょっと奮発しました」

理由も聞かず、房夫は無表情で寿司に手を伸ばした。醬油《しょうゆ》もつけずに次々と口へ運ぶ。

この人の弱さを許したわけではない。

学校では無理して「熱心な先生」を装っていたようだ。前の年に六年生を送り出し、二年生のクラス担任に代わっていた。ひどく落ち着きのない子が数人いて、今で言う学級崩壊のような状態になったらしい。授業や生活指導はままならず、校長の叱咤《しった》や児童の父母の突き上げにもあって、そうこうするうち体に変調をきたした。

自律神経失調症。医師から病名を告げられた時の、房夫の顔が忘れられない。安堵《あんど》の表情だった。それらしい病名がついたことを喜んだのだ。これでもう学校に行かずに済む。あの教室から逃れられる。そう思ったのだ、一瞬。

その一瞬がすべてだった。房夫は病に立ち向かおうとしなかった。開き直る術《すべ》も知らなかった。押し戴《いただ》いた病名に寄り掛かり、自己憐憫《れんびん》の甘ったるい培養液の中で漫然と人生を浪費していった。姑を恨んだ。なぜこんな脆弱《ぜいじゃく》な人間に育ててしまったのか。弱いということが、時として罪となることを教えはしなかったのか。

それしきのことで――。

ゆき江は一度だけ、面と向かって房夫に言ったことがあった。心身症と診断される少し前のことだった。易きに流れる性格を知り尽くしていただけに、心の病など認める気にはならなかった。仮に病なのだとしても、必ずこちらに引き戻せると信じていた。病気であろうがなかろうが、房夫の心中に働き盛りの男の葛藤が潜んでいることを疑っていなかった。だが、その葛藤が確かに存在していたのだとゆき江が知ったのは、房夫が六十を過ぎてからだった。昔の同僚は次々と定年を迎えていた。もう働かなくても誰も咎《とが》めない。そう悟った時、房夫の病状は驚くほど好転したのだ。

ゆき江は庭に目をやった。

姑が遺《のこ》したこの家と遺産がなかったら、今頃どうなっていたかわからない。

ゆき江は房夫の横顔を見つめた。

黙々と寿司を食べている。

この人を守り通した。病気のことを世間に隠し通し、二人の娘を育て上げた。ゆき江自身、この歳《とし》で仕事を得る幸運に恵まれた。図書館司書をしていた時代に知り合った元判事が推薦状を書いてくれて、調停委員の試験を受けることができたのだ。その報酬と年金で食べるには困らない。生涯困ることはないだろうと確信が持てるまでになった。

時沢母子の姿が脳裏を過《よぎ》った。

小さな借家……。ドロドロの離婚調停……。

「ねえ、あなた――」

声が弾んでいた。

「今日ね、裁判所で昔の知り合いにばったり会ったの」

「ん」

「とっても綺麗《きれい》な人だったのよ。スタイルもよくて、都会的で」

「ん」

「でも、ちょっと派手だったかな、服とか化粧とか。生活も派手だったわね。美容院とか、車とか」

「ん」

「ところがわからないものね。今日会って、私、びっくりしちゃって。その人、あんまり老け込んでいたものだから」

「ん」

「それにね、その人の娘さんが離婚調停に来てるの。子供が三人もいるのに別れたいって言うのよ。陰で男の人と付き合ってるみたい。まったく、呆れて物が言えないわ」

「ん」

「やっぱり、ちゃんとやらなくっちゃね。子育ても生活も」

最後の「ん」を残して、房夫は腰を上げた。ソファに転がり、リモコンでテレビを点《つ》けた。

ゆき江は所在なくお茶を啜《すす》った。

視界に電話が入っていた。奈津子に今日のことを話したら何と言うだろう。

家裁はサイレント・ビューロー。調停委員の任命を受けた時、家裁所長が挨拶で使った言葉だった。「沈黙の役所」と翻訳される。公判が原則の地裁とは違って、家裁はすべての案件が人のプライバシーにかかわる。だから守秘義務を怠るなかれというわけだ。

ゆき江は腰を上げた。食器を盆にのせて台所に足を向けた。と、その時、電話が鳴りだした。

小さな胸騒ぎがした。隠居所帯に昼間電話してくるのは怪しげなセールスか、そうでなければ二人の娘のどちらかだ。

「関根でございます」

〈あ、お母さん、もう帰ってたんだ〉

奈津子だった。

ゆき江は長い息を吐き出した。

〈どうしたの？〉

「びっくりしたの。奈津子に電話しようかなあって思ってたところだったから」

〈何？〉

「えっ？」

〈用事よ〉

「あっ、別に、たいしたことじゃないの」

〈なーに、気持ち悪い。言ってよ〉

もう喉まで出掛かっていた。昔のことだ。奈津子も笑って「秘密」を話してくれるかもしれない。それが無理でも、当時、ゆき江と奈津子はとことん苦しんだ。その張本人である菊田好美の不幸話は、やはり奈津子と共有したいと思った。

ゆき江は小声で言った。

「ねえ、菊田って女の子のこと覚えてる？」

返事がなかった。

ゆき江は慌てて言い直した。

「ごめん、違った。時沢だ。あなたと同じ学校だった時沢好美って子」

受話口は沈黙していた。

「忘れちゃった？　ほら、あなたが高校時代に――」

〈お母さん〉

強い調子で遮られた。

〈自分の娘の幸せ壊して面白い？〉

我が耳を疑った。

〈ほっといてって言ったでしょ！　余計なことしたら、あたし、本当に死ぬからね！〉

ゆき江は受話器を握ったまま動けなかった。

昔のことではなかった。

奈津子の声は、高校時代そのままの悲痛な叫び声だった。

6

初夏――。玄関の花は和蘭海芋《オランダかいう》へと移り変わっていた。

第二回調停期日の朝、ゆき江の生活リズムはひどく乱れていた。ごみ出しを忘れ、無意識のうちに和食の朝食を作っていた。いつものバスには乗り遅れ、調停室に入ったのは十時五分前という慌ただしさだった。

ひと月ぶりに対面した菊田好美は妙に落ち着き払って見えた。

もうこの女には関わり合わないほうがいい。朝方の混乱は、そんな予感だか予言めいたものをゆき江に報《しら》せていた。だからといって、いまさら逃げ出すわけにはいかなかった。自らこの調停に足を踏み入れたのだ。悔いていた。あの日、他の委員に替わって貰《もら》えば事なきを得たものを――。

「前回の調停の後、何か変化はありましたか」

ゆき江が尋ねると、好美は深く頷いた。

「あの人が条件次第で離婚に応じてもいいと電話してきました」

「そうですか」

見つめ合った。前回のことがある。互いの瞳に互いの蟠《わだかま》りを見て取った。

好美が口を開いた。

「私、前回の時、お金はあまりいらないようなことを言ってしまったんですけど、あれ取り消しますから」

離婚できそうな風向きになり、取れるものは取ろうという気になった。背後にいる男がそう言えとけしかけているのかもしれない。

「それと、調停をしても協議離婚ということにできるって聞いたんですけど、本当ですか」

「できますよ」

「だったらそうして下さい。戸籍に調停離婚って残るの嫌ですから」

「いい加減にしないか」

脅すように言ったのは綿貫だった。

「そんなことより、まずは三人の娘の話をするのが親ってもんだろう」

再検査の結果は「異状なし」だった。綿貫は書記官室で絶好調宣言をしてここに乗り込んできていた。

ゆき江は綿貫に顔を向けた。私がやります。目でそう伝え、好美に顔を戻した。

「わかりました。それでは順を追って進めていきましょう」

「ダラダラやるのは嫌です」

ゆき江は小首を傾《かし》げた。離婚する方向で話は動きだした。もはや焦る必要はないはずだ。

「前の時、話したわよね？　ご主人に大きな落ち度は見当たらない。中立人だからといって、あなたが有利な立場にいるわけではないのよ」

「ええ。ですから証拠を持ってきました」

「えっ……？」

ゆき江の瞳を好美が覗き込むようにした。

「あなたが言ったんでしょう？　不貞の証拠を持ってこい、って」

「そんなことは言ってませんよ」

「言いましたよ、近いこと。だから突き止めました。あの人、今、付き合っている女の人がいるんです」

ゆき江は少なからず驚いた。探偵でも雇って調べたということか。

「いいでしょう。話してご覧なさい」

好美は目で頷いた。

「相手の人は二十九歳。昔、あの人と付き合っていた人です。最近、再会して焼けボックリに火がついたみたいなんです」

「焼け棒杭《ぼっくい》ね」

「そう、それです」

「証拠は？」

「……」

「あるんでしょ？」

好美は不敵な笑みを浮かべた。

「あります」

「だったら見せて」

「私の目の前にあります」

ゆき江は好美の手元に目を落とした。何も持っていない。

「どういうこと？」

きつく言うと、好美は真っ直《まっす》ぐゆき江を見据えて言った。

「あなたが証拠を持ってるんです」

「おい！」

身を乗り出した綿貫を手で制した。その手が微かに震えた。

朝方の予感。予言――。

長い沈黙があった。

ゆき江は覚悟を決めて言った。

「わかるように話して頂戴」

好美の唇が歪《ゆが》むように動いた。

「前にも話したように、私は中学の頃からあの人と付き合っていました。高校も一緒でしたから、段々と付き合いも深まって、キスとかペッティングとか、そういうこともするようになりました。あの人はセックスをしたがりました。でも私は家の躾けが厳しかったので、どうしても踏み切れませんでした。そんな時、あの女が現れたんです。野球部のマネージャーでした。自分から言い寄ってきて、すぐに身体を許したんだそうです」

「嘘おっしゃい！」

ゆき江は立ち上がっていた。釣られて好美の視線が上がった。

あの日の目だった。スーパーで見せた、挑むような、あの目――。

「嘘なんて言ってない。その女は私から彼を横取りしようとしたの。最低でしょ？フーゾクみたいなことして彼の気を引いたんだから」

「黙りなさい！」

「でも悪いことはできないものね。妊娠しちゃったのよ。彼は持ってたお金全部渡して泣いて頼んだの。それで彼女、どこかで堕《お》ろして、そのあと学校に来なくなっちゃった。私、いい気味だと思った」

ゆき江の平手が飛んだ。

それは顔を背けた好美の耳たぶを掠《かす》めて宙を掻いた。

好美は椅子から飛び退《の》き、ドアに向かって後ずさりした。

「調停は取り下げます。あの人も協議離婚にしたいって言ってますから」

7

午後の喫茶店は気だるい空気に包まれていた。

喫茶店に入るなんて何年ぶりだろう。ゆき江は窓の外の往来をぼんやりと見つめていた。

平手を飛ばした。あの日からもう二月――。

気圧《けお》されたのか、あるいは某《なにがし》かの思いやりか、相調の綿貫が口を噤《つぐ》んでくれたので、サイレント・ビューローは保たれた。あの狭い調停室で起こった出来事が部屋を出ることはない。

菊田好美の話には一つだけ嘘が混じっていた。奈津子と菊田寛治の関係が再燃した事実はなかった。好美の策略だったと後で知る。昔の話に「のっぴきならない今」を盛り込むことで、ゆき江と奈津子が否応《いやおう》なく話し合わねばならないよう仕向けたのだ。

奈津子は泣きながらすべてを話した。娘の秘密が母娘共有の秘密に変わっただけのことだった。この先ずっと、歯科医の夫に気づかれぬよう二人で秘密を守っていくまでだ。

だが……。

ゆき江の心は昔に引き戻されては沈む。

娘の妊娠に気づかなかった。

堕胎したことにも。

夫の病のことで精一杯だった。奈津子が不登校になるまでは、娘たちのことは心配していなかった。しっかり育てた。そう思っていた。

ゆき江は店のドアに目をやった。

菊田好美が入ってきたところだった。

向かいの席に好美が座った。調停室の配置と同じだ。

「呼び出してごめんなさいね」

「いいえ」

冷やかな声と声とが交錯した。

好美は窓の外に視線を向けて言った。

「ゆっくりしてられないんです。母と娘を向かいの本屋に待たせてるんで」

「三分で済みます」

ゆき江はバッグから茶封筒を取り出した。

「ああ、そんなのもういいって言ったのに」

「そういうわけにはいきません。お返しします」

ゆき江は茶封筒をテーブルに這《は》わせた。中に三万円入っている。

奈津子の貯金と菊田寛治が寄越した金だけでは足りなかった。好美も堕胎費用をカンパした。彼を取り戻したい一心でそうしたに違いなかった。

「菊田さん――」

「あ、もう時沢に戻りました」

「もう？」

「ええ。とんとん拍子で話が運んで」

好美が頼んだコーヒーが届いた。約束の三分は過ぎていた。

だが……。

あと一つだけ、ゆき江にはどうしてもわからないことがあった。

「時沢さん」

「なんですか」

好美は口元にあったコーヒーカップをテーブルに置いた。

ゆき江は声を落として言った。

「二度とあなたとは会わない。会いたくない」

「あたしもです」

「最後に聞かせて頂戴——なぜ私があの娘《こ》の母親だとわかったの？」

ああ、と言って好美は笑った。

「一度だけ、彼女に詰め寄ったことがあったんですよ。昨日、彼とホテルに行ったでしょ、って。そうしたら彼女、言ったんです——それしきのことで騒がないでよ、って」

ゆき江は天井を仰いだ。

「女子高生が使わないでしょう、そんな言葉。だからすごく印象に残ってた。あなたに調停で同じ言葉を言われてびっくりして、それで顔を思い出したんですよ。昔、あなたとあの娘《こ》が一緒にいたとこ、何度も見かけたから」

割り勘で勘定を払い店を出た。

別れの挨拶は交わさなかった。目も合わさず、別々の方向に歩きだした。

ゆき江は花屋の前で足を止めた。

店先の花に目を奪われた。

その季節の花々があまりに美しくて感極まった。花弁の色彩が幾つも滲《にじ》んで重なった。

もう泣く理由などないはずなのに、涙が一筋、二筋、頬を伝った。

我に返った時、ゆき江の傍らを人影が通り過ぎていった。好美……。本を手にした三人の娘たち……。そして、地味なブラウスを着た時沢糸子……。

風圧は感じなかった。

後ろ姿は淡々としていた。勝ちも、負けも、何もなかった。

ゆき江はそっと涙を拭った。

店先の花に目を戻した。

透き通るような白い花だ。

その河原なでしこを活けたくなった。

姿のよい一枝を、丈《たけ》高くガラスの器に活けようと決めた。

解説

西上心太

名探偵が登場する本格ミステリーも、矜持《きょうじ》を胸に職務に当たる刑事の活躍を描く警察小説も、単純化すれば犯人の正体を暴き、捕えるまでの物語といえるだろう。一方現実はそれでは終わらない。警察官は逮捕した犯人から供述を取り、四十八時間以内に検察に送致（送検）しなければならない。検察は二十四時間以内に拘置（勾留）か釈放かを決め、拘置した後は主に警察官による取り調べをさらに実施する。検察はその取り調べで得られた供述書や証拠を吟味し、拘置期限である二十日以内に起訴するかどうかの判断を下す。起訴となればいよいよ公判手続きが始まり裁判となる。

すなわち、①捜査→②逮捕→③送致→④拘置→⑤起訴→⑥公判手続き→⑦裁判→⑧判決、という具合に進んでいく。警察小説は主に①と②、法廷（司法）ミステリーは③以降を扱うものであると考えてよいだろう。もちろんあまたの例外はあるけれど。

ここで簡単に日本の司法ミステリーの歴史を振り返ってみよう。その嚆矢《こうし》は高木彬光《たかぎあきみつ》の『破戒裁判』（一九六一年）と言われている。高木はこのほかにも『黒白の虹』（六三年）に代表される捜査検事・近松茂道シリーズ、『検事霧島三郎』（六四年）から始まる霧島三郎シリーズなど、法曹人が活躍する作品を数多く発表している。

戦記文学で有名な大岡昇平には、少年による殺人事件裁判の模様を克明に描いた『事件』（七七年）がある。ベストセラーを記録し、日本推理作家協会賞を受賞した名作だ。

弁護士でもある和久峻三は『仮面法廷』（七二年）で第十八回江戸川乱歩賞を受賞して本格的な作家活動を開始した。『疑わしきは罰せよ』（七六年）から始まった赤かぶ検事シリーズは、百作を超える長大なシリーズとなった。

小杉健治も忘れてはならない作家の一人だ。オール讀物推理小説新人賞受賞作を含む『原島弁護士の愛と悲しみ』（八六年）をはじめ、弁護士をシリーズキャラクターにした作品が多い。

第四十回江戸川乱歩賞受賞作『検察捜査』（九四年）でデビューしたのが中嶋博行だ。現役の弁護士でもあり、多忙のためか作品数は少ないが、『司法戦争』（九八年）、『新検察捜査』（二〇一三年）など、法曹界の諸問題を剔抉《てっけつ》する司法ミステリーを一貫して発表している。

一方、八〇年代後半から九〇年代にかけて、スコット・トゥロー『推定無罪』（八七年）、ジョン・グリシャム『法律事務所』（九一年）、スティーヴ・マルティニ『情況証拠』（九二年）などに代表される翻訳ミステリーが、リーガル・サスペンス（本来はリーガル・スリラー）と呼ばれ、大いに人気を博したことも付記しておきたい。

二〇〇〇年代に入ると、司法試験改革や裁判員制度が始まった。それが直接の原因かはわからないが、作品の間口が広がったことは確かで、司法ミステリーの書き手が増えたように思える。第四十七回江戸川乱歩賞受賞作である高野和明『13階段』（〇一年）、柚月裕子《ゆづきゆうこ》の『最後の証人』（一〇年）に始まる佐方貞人シリーズ、深木《みき》章子《あきこ》『敗者の告白』（一四年）、織守《おりがみ》きょうや『黒野葉月は鳥籠で眠らない』（一五年）、五十嵐《いがらし》律人《りつと》『法廷遊戯』（二〇年）、新川《しんかわ》帆《ほ》立《たて》『元彼の遺言状』（二一年）など、本アンソロジーに収録したメンバー以外にも、有力な書き手が続々と現れているのだ。しかも深木は元弁護士で引退後に小説家に転身したキャリアを持っているし、織守、五十嵐、新川の三人は現役の弁護士でもある（新川は現在弁護士は休業中と聞く）。

書き手の層が厚くなれば、そのジャンルは賑《にぎ》わい、作品の質も高まっていく。それでは本書に収録した作品を紹介していこう。

「六人の熱狂する日本人」阿津川辰海

初出「ジャーロ No.64」（光文社）二〇一八年六月

同じアイドルグループに傾倒する、オタク同士の諍《いさか》いから起きた殺人事件。その裁判の審理が終了し、裁判員による評議が開かれるところから物語は始まる。証拠も揃《そろ》い、犯人の自白もある。六人の裁判員もしっかりしており、スムーズに評議が進むものと思われたのだが……。

エピグラフに引用があるように、シドニー・ルメット監督の映画で有名な『十二人の怒れる男』を模したパロディ作品だ。裁判員たちの隠された趣味が明らかになるや、筒井康隆作品を思わせるスラップスティックなコメディが展開されていく。だがそれにとどまらず、裁判で提示された証拠に新たな光が当てられ、あっと驚く「真相」が導き出される。そう、本作は裁判員の合議によって解決される本格ミステリーでもあるのだ。

「置き土産」伊兼源太郎
初出「小説現代」（講談社）二〇一五年九月号

新聞社支局の司法担当記者・沢村慎吾が主人公。担当する地裁で出た無罪判決という特ダネを他社に抜かれ、失地回復を目指しネタを捜す沢村は、地検を仕切る総務課長・伊勢の不審な行動に目を付ける。酔って寝ていた会社員から金を奪った窃盗犯の裁判に、なぜ地検の陰の実力者は興味を惹《ひ》かれたのか。調査の結果、沢村は犯人を逮捕後に定年で退官した平田刑事による「創罪」があったのではないかという思いを抱く。記者としての手柄と、恩人でもある平田を裏切る葛藤に悩む沢村の取った行動は。

社会を維持するための道具である法律の運用をめぐる作品だ。人を不幸にしても法を厳格に適用すべきなのか、あるいは法からの逸脱が許されるのか。その問いが読者にも突きつけられる。

「偶然と必然」大門剛明
初出『不協和音　京都、刑事と検事の事件手帳』（ＰＨＰ文芸文庫）所収　二〇一六年三月　書き下ろし

妻を殺した容疑で逮捕された医師。ベテラン刑事の取り調べにより一度は自供したものの、後に黙秘に転じてしまう。妻の遺体を山に埋めたのは間違いないのだが、発見できないまま起訴のタイムリミットが迫る。

起訴か不起訴か、ぎりぎりのせめぎ合いがサスペンスを生む。担当の若手検事が下した判断とは。連作短編集の一作であり、主人公の一人である若手刑事の父の汚名問題など、以後の作品を通して解かれる謎もあるので、作品集を通読されることをお薦めする。

「弁護側の証人」丸山正樹
初出「Ｗｅｂミステリーズ！」（東京創元社）　二〇一七年十月

手話通訳者の荒井尚人《なおと》が主人公。ろう者が強盗の疑いで逮捕され起訴された。荒井はその裁判の法廷通訳を務めることに。被告人のろう者には空き巣の前科があり、自供もしていたが、それを翻して無罪を主張し裁判に臨む。検察側の調書にはろう者の被告人が、被害者に向かい、「騒ぐな、金を出せ！」と発語したと書かれていた。

聞こえない親を持つ聞こえる子供（「コーダ」と呼ばれる）であった荒井は、ろう者の親や親類の間で疎外感を持ち続けて育ってきた。そのため一般社会では少数者であるろう者が抱える気持ちに敏感なのだ。ろう者が使う日本手話と日本語対応手話の違い、ろう学校の一部で教える音声日本語の問題などをプロットに溶け込ませながら、ろう者にとっての「言葉」とは何かが問いかけられる。本作も連作の一部なので、これをきっかけに通読してほしい。

「口癖」横山秀夫

初出「小説新潮」（新潮社）二〇〇二年五月号

家事調停委員の関根ゆき江の新しい案件は、離婚を求める妻からのものだった。再三にわたる協議離婚の申し入れに夫が応じず、調停に至ったのである。ゆき江は書類にあった妻のデータを見て、高校生の頃に次女をいじめていた女であることを知る。家庭裁判所における調停の場が舞台となる珍しい作品だ。過去の辛い記憶によって公平であるべき調停にバイアスがかかっていく過程がサスペンスを呼び、さらに意外な真実が浮かび上がる。作者らしい鋭い切れ味が楽しめる作品だ。

以上五編の法廷ミステリーはいかがだったろうか。シリアスなものからコメディまで、バラエティに富んだ作品が集められたと思う。法曹界出身の作家も増え、司法をテーマにしたミステリーは今後も確実に進化し、ミステリーの一ジャンルとしてその存在を確立していくに違いない。本書が司法ミステリーの面白さ、幅の広さを知る一助になれば、編者としてこの上ない喜びである。

（にしがみ　しんた／文芸評論家）

〈底本〉

阿津川辰海「六人の熱狂する日本人」（『透明人間は密室に潜む』光文社・二〇二〇年）

伊兼源太郎「置き土産」（『地検のS』講談社文庫・二〇二〇年）

大門剛明「偶然と必然」（『不協和音　京都、刑事と検事の事件手帳』ＰＨＰ文芸文庫・二〇一六年）

丸山正樹「弁護側の証人」（『龍の耳を君に　デフ・ヴォイス』創元推理文庫・二〇二〇年）

横山秀夫「口癖」（『看守眼』新潮文庫・二〇〇九年）

法廷《ほうてい》ミステリーアンソロジー
逆転《ぎゃくてん》の切《き》り札《ふだ》

朝日文庫

2022年6月30日　第1刷発行

著　　者　阿津川辰海《あつかわたつみ》　伊兼源太郎《いがねげんたろう》
大門剛明《だいもんたけあき》　丸山正樹《まるやままさき》　横山秀夫《よこやまひでお》

編　　者　西上心太《にしがみしんた》

発行者　三宮博信
発行所　朝日新聞出版
〒104-8011　東京都中央区築地5-3-2
電話　03-5541-8832(編集)
03-5540-7793(販売)

印刷製本　大日本印刷株式会社

Published in Japan by Asahi Shimbun Publications Inc.
定価はカバーに表示してあります

ISBN978-4-02-265047-4

落丁・乱丁の場合は弊社業務部(電話 03-5540-7800)へご連絡ください。

送料弊社負担にてお取り替えいたします。